小学館文庫

ラーメン　らーめん
ラーメンだあ！

一柳雅彦

JN249938

小学館

目次

ラーメン　らーめん　ラーメンだあ！……………… 5

解説　新しく強いサラリーマン　植野広生（『dancyu』編集長）………… 277

イラスト／石山さやか

1

真冬並みの寒い晩だ。

青木義昭《あおきよしあき》はコートの襟を立てて、駅前のこぢんまりとした商店街を通り抜けた。いつもの帰宅コースである。

今夜は通いなれた表通りをそのまま進まずに、時たま使う細い脇道の方を選んだ。理由はない。気まぐれだった。古い木造の民家が軒を並べている静かなエリアに入る。やや迂回《うかい》することになるが、曲がりくねったこちら側の道を通っても帰れる。

少し歩いた先の薄暗い路地裏に、地味だが奇妙な門構えの店がひっそりオープンしていた。

（ほう、こんなところに店を開いて客は来るんだろうか……？）

夜の九時を過ぎている。

義昭は師走の冷たい夜風に吹かれながら、突然出現した得体の知れない新店を訝《いぶか》った。

目立たない通りというより、狭くて車が入って行けない小路《こうじ》である。気さくな下町情緒がどことなく残る片隅に、まるで人目を避けるようにその店はあった。

義昭の住むアパートは、ひとつ先の通りを右に折れ、ゆるやかな坂道を下った突き当たりにある。

この一帯の地形は起伏に富み、枝分かれした小道や私道が迷路のように入り組んでいて、新興の町中の居住区とは違った昔風情の空間を形成している。反対側の緑の多く繁《しげ》った高台の方へ歩くと町名はかわり、石塀に囲まれた邸宅がつづく屋敷町に出る。

義昭は店の前に近づいてみた。

平屋の外観からは古風な居酒屋のようにも見えるが、店内に入ってみなければわからない。隣の家屋との境に塀はなく、店を囲むように無造作に青竹が植えられている。

入り口は間口半間足らずの和風の造作だ。水が打たれた玄関先をほのかに照らす明かりの中に、白い小さな暖簾《のれん》が誘うようにゆれていた。暖簾の左下に筆文字で『酒と純手打ち中華そば』と染め抜かれている。店名は見当たらず、建物の周辺を見まわしても屋号が書かれた看板といったものはどこにもなかった。

義昭は「純手打ち」の文字が気になった。自家製麺には違いないだろうが、手打ちとはどういうことなのか。このところ、ラーメンの食べ歩きにのめり込んでいる義昭を無性に煽《あお》る魅惑的な言葉だった。

門口に浄《きよ》めの盛り塩がされてある。飾り気がないようでいて、実は周到に配された洒落《しゃれ》た敷石や手入れの行き届いた植木を眺めると、中に入るにはちょっと躊躇《ためら》ってしまう独特の雰囲気があった。

（どことなく隠れ家的な佇《たたず》まいだなあ……）

重厚な引き戸に窓はなく、店内の様子は覗《のぞ》けない。しかし、横手の軒下に備えられた換気口から削り節の芳醇《ほうじゅん》な薫りが流れてきて、紛れもなくラーメン屋の匂いがした。

（まあ、飲み屋だったなら、気持ちを切りかえて飲んでやろうじゃないか）

支給額は少ないが、暮れのボーナスが出たばかりだ。懐は若干あたたかい。アルコール好きの義昭は意を決し、引き戸を開けた。

「いらっしゃい」

と、厨房《ちゅうぼう》の中に立つ店主らしきかなり年配の男が迎えてくれた。細身な体型だ。襟足を短めに刈り上げ、こざっぱりとした髪には白いものがまじっている。その出《い》で立《た》ちに義昭は驚かされた。どう見ても普段着である。腰から下に前掛けはしているものの、ラフなジーンズ姿だ。凝った刺繍《ししゅう》を施した黒のポロシャツをまとい、包丁を握っていた。

「お好きな席にどうぞ」

調理の最中で忙しいのか、義昭を見る目に愛想の笑みは見られず、客を招こうとする素振りが微塵《みじん》も感じられなかった。濃い眉にも白いものがかなりあり、表情に人を寄せつけない翳《かげ》りが見られた。渋さというか、愁いみたいなものを全身に漂わせていた。

（ずいぶんと空気の重い店だなあ……）

音量は小さいものの、耳に心地よいリズミカルなジャズが流れていなければ雰囲気はもっと暗く感じたであろう。

横一列、八席ほどの白木のカウンターだけだ。壁も天井も白い。表を見渡せる窓はなかった。簡素な店内を抑え気味の明かりが照らしている。

何の変哲もないこぎれいな内装に見えたが、質朴な趣の板張りの床や古ぼけたモノクロの写真を思わせるような造りは、むしろモダンに映った。

暖房がほどよく効いている。義昭は落着きのある飲み屋的な気配を感じた。

先客は上着を身に着けた高齢の男性が一人、黙々と仕事をしている店主の対面にあたる中央席で静かに燗酒《かんざけ》を飲んでいた。

目を見張ったのは客の前のカウンターに置かれた土物の品のいい器に盛り付けてある料理だ。大きな焼き蛤《はまぐり》が殻ごと鎮座していた。あさつきとホタテの磯辺焼きのようなものが横に添えられていて、旨《うま》そうな湯気が立っている。つづいて、大ぶりのサザエの壺焼《つぼや》きが器の左隅に載せられた。

「温かいうちに召し上がってくださいよ、教授」

店主がせっつくような眼差《まなざ》しを向けながら言った。先客はどうやら店主の馴染《なじ》み客らしい。額の上の方は相当禿《は》げ上がり、後ろの方に白髪が少し残っていた。

（ここはラーメン屋のはずでは……？　やはり、居酒屋なのかな。それなら、少しばかり飲んでいくか）

と、義昭が隅の方の席に腰を下ろそうとすると、

「出し物に段取りがありますので、畏れ入りますが、こちらのお席にお願いします」

お好きな席にどうぞ、と言ったにもかかわらず、店主の指さした席は教授と呼ばれた人の左隣だった。

「うちは勝手ながら、すべて、お任せにさせていただいております」

（え、お任せ……？）

メニューらしきものはどこにもない。義昭は不安になったが、普通の寿司屋《すし》で飲める程度の所持金があることを考え、たまには贅沢《ぜいたく》しようか、と気持ちを切りかえた。

「コートは後ろの壁のハンガーにかけてください」

言われた通りにしてから椅子を引くと、目の前に一人盆が置かれ、ビニール袋に入った温かいおしぼりが出された。見たところ、店主一人で切盛りをしているようだ。客を値踏みするような視線はなかったが、どことなく、一見客《いちげん》を拒絶する空気があった。

「あ、あの、表の暖簾に書かれてある、純手打ち中華そば、というのは?」

「最後の締めで提供させていただきます」

客を気遣う素振りはどこにも見られない。店側のやり方に一切口出し無用、といった口調だ。

「ここのオヤジは我儘《わがまま》だからねぇ」

と、教授と呼ばれた人が正面を向いたまま、つぶやくように言った。太い黒ぶちの眼鏡をかけ、外面的には恰幅《かっぷく》のいい老紳士に見えたが、着ているスーツはどことなくくたびれていた。ネクタイをしていない。

「客を選ぶんですよ」

教授は眼鏡を外して、義昭の方に温和な表情を向けながら静かに言った。

「君のように、ラーメン目当ての客にはお任せのコース料理だと伝える。普通はそこで引き返す客がほとんどだが、中には料金を訊《たず》ねる人もいてね。その場合、このオヤジ、今夜はお酒込みで二、三万ぐらいかな、なんて吹っかける。そこで、みんな恐れをなして帰ってしまう」

「……」

「食べ方が悪ければ、途中で帰ってもらうために次に出す品と金額を予告して、もっと吹っかける」

「ええっ？」

さすがに予算が気になった。再び辺りを見まわしたが、品書きは見当たらない。

「料理はすべてが極上品で、けっこう凝った趣向のものを出しているんだが、如何《いかん》せん通好みでね。まあ、食材と味のレベルからいえばお値打ちに違いないけれど、しかし、決して安くはないよ。酒を飲まない三十歳未満の方はお断り、といった木札でも表にぶら下げておけばいいものをねぇ」

「そ、そんなに高いんですか？」

教授は首を横に振った。

「君に対しては黙って座らせたから、ま、オヤジのお眼鏡に適《かな》ったのかな。このオヤジ、第一印象で人を見抜く技を持っている。ところで、いきなりでたいへん失礼だが、君の歳《とし》は……」

「……？」

ハンカチを取り出して眼鏡のレンズを拭《ぬぐ》った教授は、

「うーむ、そうねぇ、推定三十代後半でしょう？」

義昭はうなずいた。来月の正月を迎えると三十八歳になる。

「私も店のオヤジも還暦をとっくに過ぎた年寄りです」

「教授、お喋《しゃべ》りはそのくらいにして、冷めないうちに箸をつけてください」

教授は友好的な感じの人だが、素っ気ない店主は痩せているせいか陰気そうに見えた。

「ね、いちいちうるさいんだ。あっははは。なに、この店に初めてやって来たお客さんに少し教えてあげなければなあ。あ、それともう一つ。勝手に写真なんか撮ったら出入り禁止になります」

「……」

「この店はね、頑《かたく》ななまでにオヤジのルールがあってね。まあ、話し出すと長くなるんだが……それはそうと、君の住まいはこの近くかな？」

「ええ、ここから数分のところです」

「それはいい。この店についてゆっくり講義しましょう。料理の扱いにかけては凄《すご》腕《うで》をふるっているオヤジだから楽しめますよ」

教授は煙草《たばこ》の箱と使い捨てライターを取り出してカウンターに置いた。目の前に灰皿がある。煙草が吸える店のようだ。

「よくお越しになられるのですか？」

「地方に出張仕事がなければ毎日です。ところで、君はお酒をやるんでしょう？」

と、教授は親指と人差し指でクイッと盃《さかずき》を傾けるしぐさをした。義昭がうなずくと、

「よし、お近づきのしるしに私から一本ご馳《ち》走《そう》しましょう。オヤジ、燗酒をこの方に。私にも追加だ。この店で出す酒はなかなかのものなんですよ。いま飲んでいるのは神亀《しんかめ》酒造のひこ孫という純米酒」

言われてカウンターの中に目を向けると、冷蔵ショーケースの棚に輝きを放つかのようにデンと居座っている一升瓶の銘柄は確かにタダモノではなかった。磯自

慢・東一《あずまいち》・黒龍・田酒《でんしゅ》・真澄の夢殿といった大吟醸生酒のそうそうたる銘酒が並び、日本酒好きの義昭を唸《うな》らせた。

（おお、こいつは凄い！　高そうなものばかりだが、肴《さかな》によっては冷酒で、あの中から選んでやるかな）

徳利《とっくり》と盃が目の前に置かれ、教授が注《つ》いでくれた。

「それじゃあ、まあ、そういうことで今夜の出会いに乾杯だ」

教授は義昭の方に向き直り、やや大ぶりの盃を目線のところまで上げてから口元に持っていった。

「ありがとうございます。遠慮なくいただきます」

口に含むと、酒は本当に旨かった。

「これはお通し。一切れだけですが、自家製のカラスミです」

さりげなく出された小皿に目が点になった。

「えっ……」

高価だが大好きなつまみを目の前にして、義昭は酒欲が体内に急激にわいてくるのを覚えた。

「大丈夫。安心して箸をつけてください。つまらん居酒屋だと勝手に出して平気で料金をふんだくりますが、この店のお通しは無料です。店側の歓迎サービスですから。もちろん席料というものもありません」

と、教授が頬をゆるめて言った。

カラスミをひとくちかじり、なめるようにちびちびと味わうと強い塩気が舌にまとわりついて、深い海の匂いがした。濃厚感があり、日本酒に合う。

しばらくして、教授と呼ばれた人と名刺交換をした。驚いたことに有名私大の人類学を専攻する現役の教授だった。

（本物の学者先生だとは……）

教授が名刺入れを上着の内ポケットから取り出した時に何気なく上半身を眺めたが、恰幅がいいというより、かなり腹の出た初老の人だった。首も太い。

「ほほう。君はおしぼりのレンタル会社に勤めているんですか。今度、この店に営業をかけるといい。しかし、集客が少ないから商売にならんかな。あっははは」

義昭が差し出した自分の名刺には社名の上にタオル・おしぼりのレンタルサービス、販売とある。

「はあ……」

次に出された小鉢の中身は鯛《たい》の塩辛だという。薄紅色の艶を放つそれをひと口つ

まむと、

「おおっ！」

と、思わず唸って頬がゆるんだ。

潮の薫りが鼻から抜ける。生臭さは全くなく、塩加減の塩梅《あんばい》が絶妙で、滋味が溢《あふ》れんばかりに詰まっていた。義昭のそれまで口にした塩辛の概念を覆すに十二分の極上の風味と食感だった。

「いい味わいでしょう。酒にぴったり合います」

義昭は教授の言葉に素直にうなずいた。この一品だけで二合はいける。つづいて、平目の昆布《こぶ》締め、そして、大トロの炙《あぶ》りが一切れ出てきた。義昭は高級酒亭か寿司屋に迷い込んだ感覚を覚えた。

（これは半端じゃないぞ。まいったなあ……）

酒がすすんでどうにもとまらない。酒飲みの幸せな気分がジワジワと押し寄せてくる。教授に注がれるばかりでは恐縮なので磯自慢の冷酒を頼んだ。

「いやあ、酒もつまみも本当に旨いですねぇ」

と、義昭は満面の笑みを教授に向けた。

ラーメンを食べに入ったのに居酒屋での飲み気分になりつつあった。静かな、ゆったりとした時間が流れている。

次に出てきたのは、おでんの大根だった。

「中華そば用のスープだけで炊いた大根です」

店主が言った。

「へぇー」

澄みきった汁があまりに旨そうだったので、皿を手に持ち、湯気の立つ汁をじかに啜《すす》ってみた。削り節と昆布がたいそう効いていた。

（なるほど、このスープの匂いが外に流れていたんだな）

汁のしみ具合がほどよくて、大根本来の味が生きていた。

（うーむ、なんとも質が高い……）

「どうかね。冬ならではの瑞々《みずみず》しい大根の味わいはたまらんでしょう？」

教授は自分がつくったかのように自慢した。

「はい」

「まあ、私は今夜あれこれ食べているので遠慮しておくが、ここのラーメンの味がまた惚《ほ》れ惚《ぼ》れするんだ」

おそらく、教授の言った通りのハイレベルなものが出てくるのだろう、と義昭は思った。

「どうでもいいことだが、この店はオーナーのオヤジが一人でやっているから色気がなくてねぇ。あっははは」

と、笑いながら教授は酔いのためか、自分のことについて話しはじめた。

妻に先立たれて独り身であること。自宅は線路を渡った先のコンビニの裏手にあること。一人息子は既に独立して、自分は気ままに一人暮らしの生活を楽しんでいることなど、訊ねもしないのに喋り捲《まく》る。

極上のつまみを味わいながら冷酒のお代わりを重ねていると、義昭はかなりいい気持ちになってきた。

「教授、そろそろお開きの時間では？　今夜は飲みすぎですよ」

店主が無表情な顔を見せたまま諭すように言うと、

「まだ宵の口だよ、オヤジ。それに、辰《たっ》ちゃんの勧める店はもう終わっている時間だから、そろそろ現れる頃だ」

と、徳利を宙にかざして追加を促した。

しばらくすると戸が開いて、首に手拭いを巻き厚手のジャンパーを着た若い男が入ってきた。ジーパンの膝あたりにほころびが入っている。肌がたいそう焼けているのが目立つ。彫りが深くて眉の濃い、少し日本人離れした顔立ちをしていた。

教授が手を上げると、若者はニコッとしてお辞儀をした。彼が教授の話していた辰ちゃんなのだろうか。

店主の「いらっしゃい」は相変わらず素っ気なかったが、目は笑っていた。無愛想というわけでもないようだ。物静かなのは本来の性格なのだろう。

若者は店主に礼儀正しく頭を下げてから教授の右隣に腰を下ろした。

「いやいや、辰ちゃん、お疲れさん」

「先生もお疲れ様です。寒いからなんでしょうね。連日、予想以上のお客の入りでして、ありがたい悲鳴です。それはそうと、今夜の先生はいつにも増してだいぶお飲みのようですね」

「辰ちゃん、酒飲みにとっての宵はまだ始まったばかり。夜は長いんだ。辰ちゃんもやるんだろう？」

辰ちゃんと呼ばれた若者がうなずいた。

「教授はほろ酔いじゃなくて、二日酔いまっしぐらの態勢です。まあ、いつものことですがね」

と、店主が誰に言うともなくつぶやいた。

「大丈夫です。僕が送って行きますから」

辰ちゃんという男はどうやら教授の知り合いで、常連の一人に違いなかった。教授は辰ちゃんを紹介してくれた。この店の飲み仲間で駅の向こう側にあるラーメン店で働いているという。

「唐沢辰男《からさわたつお》と申します」

と、辰ちゃんは名乗り、僕のことは辰でけっこうですから、と屈託のない笑顔を見せて言った。

「辰ちゃんは、この店の味を覚えたくて弟子入りを志願しているんだが、頑固なオヤジはなかなか首を縦にふらなくてねぇ」

と、教授は言いながら笑っていた。

言葉を交わして訊ねると、辰ちゃんは義昭と一回りも違う年齢だった。

「私は今夜初めてなんです」

義昭が教授の背中越しに声をかけると、

「大丈夫です。先生の隣に座っていれば安心して飲んでいられますから」

と答える。人当たりの柔らかい実直そうな好青年に映った。

「生ビールとお任せのおつまみを軽くください」

辰ちゃんは明るい表情で店主に注文した。

「ついでで申し訳ないが、私も何かもう少しつまみたいな。ただ、今夜のラーメンは遠慮しておく」

「桜飯はいかがですか？　ボクの夜食用につくったのですが、よろしければ」

店主は自らを「ボク」と言った。老成した人なのに、人前で話す店主の「ボク」という一人称に何故《なぜ》か違和感はなかった。

「オヤジの十八番《おはこ》、蛸《たこ》メシですね。いいですねぇ、つまみになる。少しいただこうかな。いやいや、今夜は魚介のオンパレードだな。快哉《かいさい》、快哉」

と、教授は酔いが回ってきたのか、かなりご満悦の様子だった。

「昼前に、小田原に住むボクの古い知り合いから届けられましてね。その人は元漁師で顔役なんです。いろいろツテがあるらしく、いい品物が入ると最優先に格安の値段で回してくれるんです」

店主が説明した。

教授は手酌で、くいっ、くいっ、と盃を傾けている。辰ちゃんは冷酒にかえた。洗練されたつまみの入った小鉢が次々と出てきた。辰ちゃんの前にも同じものが並んでいる。適量というのは、こういうのをいうんだろうな、と思いながら、小皿に盛られたほどよく漬かっていそうな香の物をひとかじりした。

義昭はおだやかな酔いに身をあずけながら、いい店に出会えたな、と思った。時間が経《た》って店の雰囲気になれた頃、店内を流れる空気がひとつ凜《りん》としてきたことに気づいた。

「そろそろ、締めに入らせていただきます」

店主は独り言のようにつぶやいて、冷蔵庫の脇に積み上げられた麺箱の上段から一摑《ひとつか》みの麺を取り出した。

「辰ちゃんは食べていくの？」

と、店主がふり返って辰ちゃんに訊《き》くと、

「もちろんです！」

辰ちゃんは勢いのある返事をした。

店主は軽く深呼吸をした。気合いを入れたようだった。厨房内が息づいたのを義昭は感じ取った。

ラーメン丼に熱い湯が注がれる。いとおしむように麺を揉《も》みほぐしていた店主がグラグラと煮立った大鍋に一玉分の麺を、そっと泳がせるようにやさしく送り出した。

「一人前ずつですか！」

義昭は驚いて店主に訊《い》いた。

「当然のことです。麺を活かすためですからね。まとめてなんかつくると、最初の一人分を掬《すく》い上げた後、残りの麺はどうなります？　湯に少しでも長く浸《つ》からせておけば、麺そのものの味がかわってしまいます。そうかと言って、籠ザルを用いての窮屈になった茹《ゆ》で麺の提供などボクは出来ません」

義昭はなるほど、と軽くうなずいた。デポと呼ばれる振りザルでは不可能な、湯の中で均一に熱を通して茹でられるセオリーを見せつけられた気がした。

丼の中の湯がきれいに捨てられ、醬油《しょうゆ》タレが入る。瞬時にスープが張られると、削り節の匂いに義昭は思わず涎《よだれ》が出そうになった。

店主の動作は機敏だ。すかさずチャーシューが切られ、七輪の網の上で炙られた。葱《ねぎ》もその場で必要な分だけ刻んでいる。思わず胸が躍る。

辰ちゃんは熱っぽい眼差しで店主の仕事を見つめていた。

「ボクのつくるチャーシューはね、炙るとさらに肉の風味が増すんだな。しかも、分厚いでしょう？　備長炭《びんちょうたん》を使った炭火で熱を加えると溶けた脂の煙が肉に芳《こう》ばしさを加え、旨みを深めるんです。バーナーで炙るなんて手抜きはしません。ガス燃料の匂いが付いてしまうからね」

辰ちゃんが黙ってうなずいている。

「素養はもちろんだが、オヤジは様々なことに博識でねぇ……物知りなんだ。といっても食い物と酒に関してだけだ。あっははは」

と、顔を赤らめている教授が大きく笑って言った。

店主は大きな平ザルを取り出し、茹で上がった麺を素早く掬う。湯切りをするその瞬間、店主の目が、くあっ！　と大きく見開かれた。湯切りは力強い。渾身《こんしん》の力を振り絞って、大鍋の湯面に叩《たた》きつけるようにキッと下ろされた。実にダイナミックな振りだ。

張り詰めた空気が店内に漂い、湯切りの音が小気味よく響いた。期待感がいっそう高まってくる。

(凄い集中力だ……)

店主の目に鋭い光が宿っている。具の盛り付けの後に、油を軽く垂らしたのを義昭は見た。

目の前に出された熱い丼から、削り節の効いた魚系のふくよかな薫りが漂っている。食べる前から旨いに違いないと確信した。

スープは限りなく澄んでいて、丼全体の表情が麗しい。数切れのメンマと厚みのある炙ったチャーシュー。驚いたことに、四種類の葱が浮かんでいた。中心に白髪葱のみずみずしい輝きがあり、焦がし葱と刻み葱が左右に散らばっている。隅の方には柔らかそうな親指ほどの太い葱が横たわり、まるで葱のフルラインナップだ。彩りといい、具の飾り付けが見事である。

「その大きいのはトロネギというんです。オヤジの命名で、この店のオリジナル」と、横から教授が言葉を添えた。葱本体を一度ボイルしてから軽く揚げたものだという。

レンゲが付いてこないから義昭は丼を持ってじかにスープを啜った。

(凄い！　な、なんて、奥行きのある繊細なスープなんだ！)

食い意地を直撃してくる。

芳醇なコクのふくらみは半端ない。旨みのにじみ出た味わいが最後の一滴まで楽しめそうな冴《さ》え渡ったスープである。

麺をズッと口に運ぶ。中細の麺が生きていた。いや、口の中で躍っていた。歯触り、そして、なめらかで舌触りも実にいい。しかも、麺に自家製独特のしなやかな弾力がある。噛《か》みしめていくと、豊かな小麦粉の風味と甘みが感じられた。

旨い！　これが純手打ちの麺なのか、と義昭は素直に感じ入った。この店の味に魅了されてしまうことを予感しながら食べすすめる。

チャーシューの質と完成度は言われた通り高い。炙るという、ひと手間をかけた仕事によって肉本来の旨みが引き出されていた。シャキシャキとしたメンマの歯切れの良さ。葱が効果的に使われ、それぞれが邪魔をしていない。

全体のバランスにおいて、丼一杯の輪郭が際立っている。五臓六腑《ごぞうろっぷ》に訴えてくるというか、五感全体をざわめかせるような、食べ手を圧倒する味わいだった。

店主の実力を思い知らされ、酔いがいっぺんに醒《さ》めてしまった。

それにしても、アルコールの入る前にこの一杯を口にしたかった。期待を遥《はる》かに上回る出来映えというより、なんだか本物のラーメンを突きつけられ、向かい合った気がした。熟練の技に驚くとともに、心の底からあたたまってくる味わいに義昭は興奮していた。

（あまりに怪しすぎる。いったい、この店は何なのだろう？　ただのラーメン屋の店主にあらず、だな……）

義昭はそんなことを考えながら、感動に酔いしれ、極上の一杯の余韻をあらためて噛みしめた。

店主の思い入れが沁《し》みてくる一杯。一度食べたら病みつきになる忘れられない味の一杯に出会ってしまった。

精神の胆《きも》の部分をギュッと掴まれた感じだった。

2

「屋号がないのか……」

加瀬吾郎《かせごろう》が腕を組んで言った。あいかわらずネクタイをだらしなくゆるめている。

「ええ、看板や表札もありませんでした し、暖簾だけです」

青木義昭は加瀬の視線から目を逸《そ》らさずにこたえた。

「そういえば、店内にはメニューすらなかったですし……凝った酒の肴が供されるお任せコース料理の提供のみで、ラーメンは最後に出てきました」

「うーむ、気になってたまらんなあ」

加瀬のラーメン好きは社内でも有名で、なんでも年間八百杯以上を腹に収めているという。

メジャーな月刊誌にラーメンエッセーを連載しながら、ラーメン評論家として時たまテレビにスポット出演し、話題になりそうなラーメン店を紹介するなど、業界では多少名が知られていた。しかし、そんな肩書きを外せば、少し腹の出た、妻子持ちのごく普通のオッサンサラリーマンである。

義昭は新入社員時の研修で世話になって以来、仕事上の問題点を指導してくれる頼もしい先輩として懇意にしていた。

二人は、レンタルおしぼりを主軸に業務用資材用品を取り扱う中堅の販売会社に勤務し、共に販路促進の営業マン生活を送っている。

加瀬は課長職、義昭は副課長の立場だが開拓員の二人に部下はいない。既存の得意先を持ちながらの新規開拓がメインの業務だ。

営業成績の芳しくない義昭は社内ではうだつの上がらない営業マンとして見られていた。この職制に就けたのは多分に年功序列と、営業先に何かと都合が悪いだろうとの会社側の配慮に過ぎない。義昭の名刺の肩書きはお情けだった。

所属長からは四十代前半までに昇進出来ないならば、真っ先にリストラ対象にされるぞ、ときつく言われていた。

仕事に対して積極性に欠け、腰を据えて自らを励まそうとする気持ちが薄かったのは事実である。業務上、柔軟に立ち回れなかったのは心を煩わす人間関係を好まなかったからだ。

義昭は上昇志向に乏しい課員として位置付けられ、毎年のように社内の玉突き、トコロテン式の人事異動の対象にあがるが、受け入れ先との調整がつかないというより、引き取り部署がどこにもなかった結果、勤めて以来、異動の経験は一度もなかった。

企業競争の中で生きのびるのは容易《たやす》くない、と義昭は思っているものの出世に関心はなく、虚勢を張ってもしかたがないと自らに言い聞かせながら、漠然とサラリーマン生活を過ごしていた。勤労意欲に乏しい怠け者なのだ。

独身である。しかし、虚《むな》しさや孤独感は覚えず、不安もなかった。強がっているわけでも、現実逃避に走っているわけでもなく、不器用で結婚を前提にする女性との縁がなかっただけだ。二十代後半の頃、女性と交際していた時期もあったにはある。だが、義昭の思い切りの悪さから気持ちを伝えられず、いつの間にか二人の関係は消え失《う》せていた。

会社に行くのはアパートの家賃の支払いと、食うための最低限の生活がかかっているからにすぎない。義昭には野心や生きがいはおろか、普通の社会人が持つ人生の設計とか、将来の目標というものが何もなかった。

（俺は平凡なサラリーマンにすら、なりきれていないんだな……）

と、情けない気持ちにさいなまれることも時にはあったが、脇道を歩くことに苦痛はなかった。

ラーメンの世界を知るまで、暇を持て余す休みの日には映画館で時間を潰し、安い居酒屋に入って憂さを晴らす自堕落な生活を送っていた。

加瀬吾郎とは課が違った。下降線を辿《たど》っている義昭を気遣っているのか飲みに誘われることが多い。酒の締めに、加瀬に上質のラーメンを食べに連れて行かれたことがラーメンの魅力を知るきっかけとなった。知らずのうちに加瀬からラーメン食べ歩きの影響を受け、食うことに熱中し始めたのだった。

義昭は今ではその深みにどっぷりハマってしまい、昼食は当然のこと、夕食も一人暮らしの自由さで必ずといっていいほど加瀬から教えてもらった店のラーメンを食べ歩いていた。

「それで青木、お前は店主に店名を訊いたんだろうな？」

ラーメンのこととなると相変わらず好奇心満々の目を向けてくるな、と義昭は今さらながら感心した。

四十一歳の加瀬は熱狂的なラーメン愛好家である。気のいい先輩だが、ラーメンに対しては人一倍強い探求心の持ち主で、一家言どころか、ラーメン紀行本を一冊ものしていた。

加瀬本人はラーメンに偏り過ぎているという自覚が全くなく、健全なフリークの一人と思っているらしいが、ラーメンに心を衝《つ》き動かされ、没頭するように連日連食していれば、度を超えた重症者といえる。

「それが、その……」

「ったくぅー」

「未熟者です、はい」

加瀬の前に出ると、どうも卑屈になってしまう、と義昭は反省した。

「……ったく、自分で言っているのなら世話ないぜ。で、結局いくら支払ったんだ？」

義昭の話をひと通り聞き終えると加瀬は質問してきた。

二人は社内の応接室の中にいた。来客中の札を表にかけて堂々と個人的な打合せをするのは加瀬の得意なやり方だ。今日も朝の定例ミーティングが終了して間もなく、缶コーヒー持参でこの部屋に直行したのだった。応接室では堂々と煙草が吸える。

小窓から冬の鈍い陽光が差し込んで、加瀬の背中にその明るい日差しが当たっている。

「かなり酒を飲んだのですが、五千円と百円玉をいくつか、でした。極上の手打ちラーメン一杯の値段を考えても安すぎます。客はほかにいなかったし、あんなんで経営が成り立つのかなあ」

「お前は本当にニブイ奴《やつ》だな。その教授とやらは顔だろうに。酒を勧められたんだろう？　酒代の大半は常連のその人が負担してくれたのさ」

義昭は、なるほど、とうなずいた。

「実はラーメンを食べた後にも酒を飲んで、後半酔いが回り、記憶があいまいなんです」

「おい、青木」

「はい」

「お前、まともにラーメンを味わってきたんだろうな」

「それは大丈夫です。本当に水準の高い一杯です」

「何種類もの葱ねぇ……」

「それから、店主は還暦を過ぎた人らしいのですが、自分のことをボクと言っていました」

「ほう……」

加瀬は考え込んでいる。ラーメンを極めるためのマニアぶりは半端なく、膨大なラーメン知識を持ち、ラーメン飢餓症候群に冒されている男である。

「あと、風味付けの油を最後に垂らしていました」

「香味油か……ひょっとして、油の魔術師、香味油の達人の異名を持つ、伝説の『おおきた』じゃないかな。ある日、突然店を畳んだと思うと、また別の場所で新たにオープンするとか、神出鬼没な営業を繰り返すラーメン屋があったことを仲間うちから聞いた記憶がある」

「油の魔術師？」

「ああ。悔しいがオレは未食なんだ。かつて、湘南《しょうなん》に店を開いていたようなことを神奈川のラーメン好きが話していた。店は現在、どこにもない」

「閉店って、そのラーメン屋、流行《はや》っていなかったのですか？」

「バカ言えっ！　見たわけではないが、毎日かなりの行列だったらしいぜ」

「そんな店を何故閉めたんですか？」

「出向いて食べたことのないオレが知るわけがないだろう」

「なんだかわけのわからない話ですね」

「うむ……」

「でも、加瀬先輩がいま言われた油に焦点を当てると、該当店かもしれませんね」

「よし、訊いてやろうじゃないか」

加瀬はその場で携帯を取り出して、あちこちにかけまくっていた。どういう仲間か知らないが、一般のサラリーマンなら朝のせわしい時間帯である。つまらないことの問い合わせに先方はさぞかし迷惑しているだろうな、と義昭は呆《あき》れながら煙草に火を点《つ》けた。

しばらくして、加瀬の弾んだ声が聞こえてきた。

「青木、やはり、神奈川情報では『おおきた』らしいという。それで、その店の常連だった土井《どい》っていう名前のオレのラーメン仲間なんだが、今夜、その店にどうしても連れて行ってほしいとのご依頼だ」

「はあ……」

「土井はパソコンメーカーのエンジニアなんだ。仕事を早めに切り上げて向かうから、待ち合わせ場所の指示をくれ、と頼まれた」

「……」

「一度、彼に面通しさせてみようじゃないか。いずれにしても、その手打ち麺、オレも食ってみたいからな」

「了解しました」

「辰ちゃんとやらの店が先だな」

「気になります？」

「一軒だけじゃあ物足りない。ついでだよ。本命の店と同じ駅にあるんだろ。行かない手はない」

「そうですね。後で場所を調べておきます。駅の反対側近くと聞いていますからわかると思います」

「つまり、オレの本日の仕事は直帰だ。途中で連絡を入れる。それから、今夜はお前のアパートに泊まるからな」

ラーメンのことになると加瀬は人の都合などお構いなしに動く。自分の流れを頑なに貫き通そうとするけっこう我儘なところがあった。

「それはかまいませんが、あの店に行くとなると、軍資金が必要ですよ」

「バカ言ってんじゃないよ。何年営業やっているんだ。伝票切れば済むことだ」

「はあ……」

開拓営業を名目にしたところで会計の伝票精算が所属長に通るとは思えなかった。

頬を刺す初冬の冷たい風の吹く夜だった。

駅横の商店の店先にクリスマスの小さなイルミネーションが飾られていた。

改札口を出たところで待っていると、加瀬とともに、襟を立て厚手のコートを羽織った男が現れた。加瀬が朝方話していた神奈川県のラーメンにめっぽう詳しい男、土井だった。眼鏡をかけ、無精髭《ひげ》を生やしている。いかにも技術屋といった神経質そうな風貌をしているが、笑うと人懐っこい表情を見せ、義昭は親近感を覚えた。

加瀬がオレと同い歳だ、と小声で言った。

まずは辰ちゃんの店をめざした。

ラーメン好きにとってラーメン店のはしごは珍しいことではない。加瀬クラスの好き者になると毎夜違った地域に出向き、少なくとも二軒は回るという。断じて大食いではなく、ラーメンを食うことが抑えきれないだけだ。穴場店を知りたがるとか、新規オープン店を素通りできなくなるのも、この手のタイプに多いらしい。ラーメンに魅せられ、人一倍情熱を燃やす加瀬は気になった店の情報を得ると食べずにいられなくなり、最初の一杯が旨ければメニューをかえて味わうという。同じ店でつづけて最高三杯を消化するとは熱中男にしても尋常ではない。ラーメンに関しては常軌を逸している男といえた。

「さきほど、例の店の様子を見てきたのですが、暖簾はまだ上がっていません。でも、昨日と同じように、旨そうなスープの匂いが換気口から流れています」

と、義昭は二人に報告した。

そうか、と加瀬は力強くうなずいて、昨夜の模様を土井に話してあげるように、と促した。

土井は義昭の話をひと通り聞き終えると、色めき立つ表情を見せた。香味油、多種多様の葱、自家製麵、BGMとして流れる穏やかなジャズ。何より、店主の容姿に覚えがあるという。

「しかし、酒に合わせる凝ったつまみを出すなんて、今までとは違うなあ。私が知っているのはラーメンだけを提供する質素な店でしたよ。私は大船在住なんです」

と、土井は言って、それまでの経緯を話し始めた。

店の存在を知ったのは地元の友人からの情報で、鎌倉の有名な神社近くにあるラーメン屋がとんでもなく旨いから一度食べに行ってごらん、と薦められたのだという。当時の土井はわざわざ出かけてまで食べに行くほど食全般にこだわっていなかった。

そんなある日、上京してきた親戚を鎌倉の観光スポットに案内した際、昼飯に向かった先が『おおきた』だった。

「鎌倉の洒落た会席料理でもねだられるのかと内心ヒヤヒヤものでしたが、さっぱりとしたラーメンが食べたい、なんて言うものですから、友人の言葉を思い出して行ったんです」

その頃の『おおきた』は土産物屋が軒を連ねる小町通り商店街から脇道を少し入ったところにあった、と土井がつづける。

「飾り気なんて全くない小さな狭い店でした。店内に入って見渡すと、満席の中で客はそれこそ肩をすぼめるようにして食べているんです。でも、出てきた一杯は凄みがあった」

「いつ頃なんですか？」

義昭が質問した。

「十年も前のことです。鰹節《かつおぶし》の効いたやさしい和風の味わいながら、奥深いコクに強烈な個性があった。私好みだったものですから、それからというもの頻繁に通ったのですが……」

繁盛店だったにもかかわらず、ある日、突然閉店してしまったのだという。

消息はしばらく途絶えていたが、半年後に『おおきた』は自家製麺を引っ下げて、江の島からほど近い片瀬海岸の閑静な住宅地に隣接した商店街のど真ん中に何故か隠れるように店を出す。どこにでも見かける町中の中華料理の店舗をいっさい改装せずに、そのまま使って営業を開始した。しかし、鎌倉方面の熱烈な『おおきた』ファンは見つけ出していた。

情報は土井のところにも届けられ、土井は翌日、待ち切れずに有給休暇を取り、勇んで食べに向かったという。

「いやあ、驚きました。外観から見ただけでは『おおきた』だとは誰にもわからないでしょうね。暖簾や看板は閉店した以前の中華料理屋のもので、居抜きのまま営業をしていたんです。で、中に入ると親父《おやじ》さんがいつもの様子で仕事に追われるように麺茹でをしているではありませんか」

「ほう」

と、加瀬。二人は土井の話に吸い込まれていた。

「調理の段取りは鎌倉に店があった当時の『おおきた』と同じです。丼からは削り節がギッと薫り、葱の使い方も以前と変わりませんでしたが、表面にまぶされた葱油の効果が著しいくらいに前面に表れて麺に絡み、旨みが増していたんです。驚くべきことは、厨房奥の片隅に置かれた製麺機の存在でした。贔屓《ひいき》にしていた製麺屋の特注麺を替えてまで自らつくり出そうとするこだわりの思いが伝わってきて、さすがは親父さんならではの自家製麺。レベルアップされた小麦香る麺にただうっとりするばかりでした」

「うむ。すると、共通項は削り節と葱。それに特異なる香味油の存在か……」

と、加瀬は夜空を仰ぎながら考え込んだ。

「いよいよもって『おおきた』くさいではありませんか」

義昭が土井に可能性を訊くと、

「そうだ、青木さん。レンゲはついてきましたか？」

義昭は土井の問いに首を横にふった。

「もう、間違いありませんね。丼の縁に直接口をつけて香りと一緒に熱々のスープを啜ってこそ中華そばなんだ、と言い張るのが親父さんの持論でして……レンゲは絶対に出さないんです」

「片手に丼を持ってラーメンを食うオレのスタイルに合致しているじゃないの。ワクワクしてくるなあ」

加瀬の顔がほころんでいた。

「その店がきっかけになりまして、私のラーメン食べ歩きが始まったんです」

土井は自分自身に言い聞かせるようにつぶやき、目を輝かせて静かにつづけた。

「自らの味の追求に絶対に妥協をしない親父さんでしてね。店を一時閉めて再び復活オープンするまでに、きちんと手を加えていくのだと思います。その店では機械打ちの自家製麺でした。新しい店で杯数を少なくしてまでも手打ちにこだわったのだとしたら、益々《ますます》あの親父さんらしい性格が見えてきます」

どうやら土井は人一倍『おおきた』に思い入れと愛着があるらしい。

三人は辰ちゃんが働く店の前まで来て足を止めた。すでに表の看板の照明は消され、暖簾は店の中に仕舞われていた。

まだ夜の九時前である。義昭が顔を出すと、辰ちゃんは驚いた様子で出迎えてくれた。

「すみません、青木さん。せっかく来ていただいたのに。営業時間は九時半までなんですが、ちょうどお客さんが途切れたもので閉店させていただきました」

申し訳なさそうに頭を下げた辰ちゃんは、義昭の後ろから顔を覗かせた加瀬に気

がつくと、あっ、という声を出して、

「加瀬さんですよね？」

加瀬がバツの悪そうな顔をしてうなずくと、辰ちゃんは奥にいる店主のもとに駆け込んで何やら頼み込んでいた。

「どうやら加瀬先輩のことを知っているみたいですね」

と、義昭がふり返って言うと、

「ラーメン評論家としては有名ですからね」

土井がニヤリとしてこたえた。

「どうぞ、お好きなお席に着いてください。僕が賄いにつまむ予定で、スープと茹で麺用の鍋の火はまだ完全に落としていませんから店主が急いでつくると申しております」

「いいのですか？」

「加瀬さんに来ていただけるなんて光栄です」

辰ちゃんは深々と頭を下げた。

店主は火力を全開にして茹で湯を沸騰させる。しかし、何となく面倒くさがっている態度がありありと見てとれる。

「皆さんがうちの店を訪れたということは、この後、おやっさんの店に行くのですね」

義昭は黙ってうなずいた。

「片付けを終えましたなら、僕も後からまいります」

しばらくして、極太麺が茹で上がった。しかし、店主の湯切りはあまりにも投げやりだった。力が入っていない。余分な水分を間違いなく引きずっている麺が丼に入れられると、三人は互いに顔を見合わせた。

辰ちゃんが横から素早く具を盛り付けていく。

出された丼を見て、辰ちゃんが昨夜チラと話してくれた繁盛している理由がわかった。

「あのタイプか……」

加瀬がつぶやいた。

麺の量が通常より半端なく多く、そして値段の割に具だくさんの、腹ペコの人たちが喜ぶ、いわゆるガッツリ系の超お徳用大盛りラーメンだった。

醤油系のスープに多量の背脂が浮かび、麺の上にドッサリと積み重ねられたモヤシとキャベツ。その横に分厚い三枚のチャーシューがきつそうにスープに浸かっている。

丼に盛り付けられる前に、正統店で問いかけられるお決まりの増量コールがなかったので、加瀬と土井は腕を組み、首をひねった。そして、店主はニンニクを丼の縁におもむろに添えた。磨《す》り下ろされた多量のニンニクを敬遠する人だっているだろうに、義昭ですら納得できなかった。

三杯分をつくり終えると、店主は前掛けをほどいてレジ脇に置き、ジャンパーに腕を通した。

「じゃあ、あと頼むよ」

と、辰ちゃんに声をかけ、店から出て行った。

「あれれ、先に帰ってしまったよ」

加瀬が目を丸くして言った。

「オーナーの住まいはやや遠いんです。僕はこの二階に住み込んでいるバイトでして……」

辰ちゃんが言いにくそうにこたえた。

加瀬と土井は麺とスープをひとすくい、具のモヤシとチャーシューを少しばかり口に運んだだけで箸を置いていた。義昭もこの類似の一杯を正統派の流れをくむ人気店で食べていたので比較できたがパンチ力に欠けていた。

「片付けは一人でなさるのですか？」

　土井の質問に、

「僕は修業中の身ですから……」

「修業中って、このラーメンと同じ味で店を開く気？」

　加瀬が驚いた顔をして訊いた。

「……」

　辰ちゃんは返事に困った顔をした。

「彼の本音はこれから向かう例の店に弟子入りしたいのですよ」

　と、義昭は弁護するように代わりにこたえた。

「なるほど」

　加瀬がうなずいた。

「加瀬さん、正直にこのラーメンの感想を言ってください」

　辰ちゃんの目は真剣そのものだった。加瀬は水の入ったコップを手にしながら、
　一呼吸おくようにして、

「ちょうど店主がいなくなったので話しやすいんだが、悪いけどこれ以上は口に入

っていかない。もちろん料金は支払うよ。うん、不味《まず》くはない。でも、力量不足だ。我々の求めているラーメンの水準には全く達していない。低価格でボリュームのある典型的な一杯、ただそれだけだな」

暴力的な量を好む若者たちから支持されるラーメンであることは事実だ。

「青木さんはいかがですか？」

「この値段ならしょうがないのでしょうが、麺があまりにボソボソしすぎていて口触りが悪いですね。とにかく、麺自体の味が希薄です。スープはそれ以前の問題です」

と、義昭は正直にこたえた。

「それと、気になるほどの化学調味料の量には首をかしげてしまいますね。あまりにも人工的な味です。あの系列のインスパイアだから流行りの今はいいでしょうが……」

と、土井が丼に目を落とし、首を横に振って言った。

化学調味料の添加は決して悪いことではない。頼ることをしない姿勢で用いるのなら、味のふくらみに一役買うはずだ。要は使い方の加減である。

「攻めがかなり雑だねぇ。分厚いだけで味がスカスカのチャーシュー。積み上げられたモヤシとキャベツの質は実にお粗末すぎる。私は腹がふくれるだけでＯＫのラーメンを否定しない。それはそれで立派な一食だからね。しかし、厳しいことを言うようだが、本家の流れを汲《く》む各支店に見られる中毒症状を訴えるレベルにはほど遠い。同類の内容と価格で、もっと旨い一杯を提供する店が近辺に現れた時の対処を心に留めておくように。金儲《かねもう》けに走り、安直につくっていると、いずれ、淘汰《とうた》されるよ」

　加瀬がきっぱりと言った。

　辰ちゃんの後片付けが終わるまで、三人は店の中で待つことにした。

3

　辰ちゃんの店を出て駅前まで歩くと、右側の通りからやって来た教授とばったり出会った。

「昨夜はどうもありがとうございました。たいへんご馳走になりました」

　と、義昭は教授に礼を言った。

「おお、君は昨日お会いした青木君……」

義昭に気がついた教授は笑顔になってうなずいた。

「二人は私の連れです」

義昭が加瀬と土井を紹介しようとすると、

「おや、辰ちゃんも一緒ですか。全員でオヤジの店に行くの？」

「はい」

辰ちゃんがこたえた。

「寒くてかなわんから、まずは店に向かいましょう。しかし、これだけの人数で一斉に入っていくと、あのオヤジ、さぞかし驚きますよ」

教授が笑って言った。

五人は寒風吹きすさぶ中、踏切を渡った。

狭い路地に人影はない。店前をほのかに照らす明かりが、今夜はどういうわけか人懐かしい感じに映った。青竹の小さな植え込みが見え、白い暖簾が揺れている。

「店に入る前から食欲がわいてくるようだ」

加瀬がつぶやいた。表情に旨いラーメンを食べるんだという気持ちがみなぎっていた。先ほどの店のリベンジもあるのだろう。

教授と辰ちゃんを先にして店内に入ると、店主は客もいないのに麺を茹でている最中だった。店主の顔を確認した土井が加瀬と義昭に大きくうなずいた。

昨晩のようにテンポのいいジャズピアノが控えめに流れている。

総勢五名がずらりと現れたものだから、店主は戸惑った素振りを見せた。

「みんな私の連れ。オヤジ、今夜は腕前を存分に披露できるだろう」

教授が手をふりながら言うと、

「ほう……」

店主は満足気なため息をついて、

「辰ちゃん、使って悪いけど表の暖簾を仕舞ってきてくれないかな」

と、声をかけた。

「ということは、久しぶりに貸切りかな。あっははは」

教授が豪快に笑った。

「何をおっしゃいます。いつも教授に占領されているではありませんか。まして、五名様同時では、さすがにねぇ。おや、昨日のお客さんじゃない」

店主と目が合った義昭は、

「昨夜はご馳走様でした。ご紹介します。私の会社の先輩で加瀬と申しまして、私以上にラーメン大好きサラリーマンです」

加瀬が店主と教授に丁寧に頭を下げた。

見渡していた店主の目が土井のところで止まった。

「親父さん、お久しぶりです。まさか、こちらの方で営んでいるとは知りませんでした。お元気そうで何よりです」

「おおっ！　懐かしい顔だ。うーむ、確か土井さんだっけ。いやいや、また昔の常連に見つかってしまったなあ」

店主の目が細くなっていた。

「みんな喜びます。親父さんのラーメンが再び食べられるなんて嬉《うれ》しいです。しかし、ずいぶん探しましたよ。いったい、どうなさっていたんですか？」

「いや、ちょっと待ってくれ」

店主は軽く手で制して、

「土井さんの仲間や知り合いに話すのは結構なんだが、今は前の店とスタイルが全く違う。昼の営業はしていないし、夜だって夕方から開けたり開けなかったり、今夜のように遅くなる時もある。営業時間がいい加減なんだ。メニュー内容も大幅に変更した。お任せのコース料理のみにしている」

「そうなんですか」

「値段もかなり高いし、中華そば好きの人には不本意に映るかもしれない。従来からやりたかったことがようやく実現したんだ。まあ、言ってしまえばボクの道楽なんだが……」

と、店主はつぶやくように言いながら、大鍋の中の麺を掬い上げた。平ザルを持って手馴れた動作でほんの軽く湯切りをすると、麺を桶《おけ》に張ってあった氷水につけ、蛇口を全開にして勢いよく洗いはじめた。

「つけそば、だな……」

加瀬がぽつりと言った。

店主は麺の水気を切ってから手づかみのまま数本を口に入れ、目を閉じて吟味していた。

「あ、そうだ。思い出した。土井さんは確か自分のホームページをもっていたよね。悪いが、その辺のことを書いておいてよ。積年の思いのたけをかなえた店なんだ。中華そば一杯だけの提供はしていないってね。我儘だと思われようが、今後、店やボクに対して何を言われようが気にしないから……今のボクは世間体に縛られることとは何もないからね」

と、店主は言った。

「了解しました」

義昭たちが席に着いてしばらくすると、昨夜とは打って変わった趣向のつまみが目の前に並んだ。

「先付けです。塩漬けにしたものも含めて、すべて冬の山菜です」

セリのゴマ和《あ》え。ワラビ、フキのお浸し。それに乾燥したゼンマイを戻し、煮付けにしたものを凝った陶器の平皿に少量ずつ盛り付けてある。

これはキレのある酒に限る、と教授はうなずいて冷酒を頼んだ。

義昭たちも各自、ビールやら日本酒やら好みのアルコールを注文した。

「大人の味だなあ。しみじみ感慨深い。やっぱり、オヤジの店は和の装いが強いねぇ」

と、教授が冷酒に口をつけて目を細めて言う。しばらくして、

「次の小鉢は当店オリジナルのバクダンです。中華そばならではの具材を投入してみました」

器の中にはすった山芋を中心に、小さく刻み込まれた様々な魚介が見える。マグロの赤身、イカ、ホタテ、その上に色鮮やかなイクラとウニが載《の》り、刻み海苔《のり》がアクセントとして添えられている。磨り下ろされたばかりの山葵《わさび》が配られた。

「本山葵とこちらのダシ醤油をお好みで垂らしていただき、よく掻《か》き混ぜてからお

召し上がりください」

見事な盛り付けをこわすのは忍びなかったが、言われた通りに混ぜると、下の層にひきわり納豆とタクアンの微塵切りが入っていた。

「さて、どんな味がするものやら」

と、教授が箸をつける。

義昭も器を持って口に運んだ。山芋と納豆のネバネバに包まれた新鮮な海の幸が口の中で思い切り弾《はじ》けた。

「いかがですか。なかなかイケルでしょう。どんな酒にも合うし、癖になる味ですよ」

店主が全員を見渡しながら言った。

土井がしきりに唸っている。店主のこのような料理を口にするのはおそらく初めてに違いない。酒も入ってご機嫌な様子だった。

「あ、わかった。細かくきざんであるメンマが中華の食材だね」

「教授、正解ですが、うちのは和風に味付けした筍《たけのこ》の穂先です。この醬油も中華そばのタレ用に使うものとブレンドしてあります」

「ふーん、なるほどねぇ」

教授は納得顔でうなずいていた。

もう一品出てきた。

「ビールはもちろんのこと、日本酒との相性も抜群のアテです」

ラーメン好きの心をくすぐり、食欲に火を点けるものだ。洒落た平皿の上に炙った大きめのチャーシューが一枚、その上に焦がし葱が載せられ、醬油タレがかけられてある。片隅にポテトサラダを添え、どうにも豪華に見えた。

「ボクのポテサラはハムやベーコンを使わない。スモークしたチャーシュー片がたっぷり入っているから味わいが一味も二味も違うと思いますよ」

店主が自慢するだけあって脇をかためるつまみだ。

数品の料理が並べられると、義昭はじっくりと日本酒をやりたくなった。

加瀬と土井は辰ちゃんを間に挟んで生ビールを飲みながら和んでいる。

義昭は左隣に座っている教授と当たり障りのない世間話に興じていたが、教授の向こう側の三人はラーメン談議に花を咲かせていた。最近の新店について、ああだこうだ、と意見を交換し合っている。店主の仕事が一段落したところで、

「親父さん、コース料理にした真意を教えてください」

と、土井が切り出した。

「そんなたいそうな理由はありませんよ。中華そば以外の創作料理も大好きでしてね。つくることに少し欲が出てきたんだな。得意とする中華そば一杯を全体料理の中の締めに組み込んでみたかっただけです。しかし、くどいようだが、本当に道楽でやっているからお任せのコースのみ。無駄を出さなければ、より良質の品を提供できるんでね」

「なるほど。客に旨いものを食べさせたい、とするつくり手側の熱意から発した本音なんだろうね」

教授が静かに言って煙草を取り出し、火を点けた。

「酒を嗜《たしな》むと中華そば本来の味がわからなくなるなんて言いますが、中華そばをそんなに持ち上げる必要はないんです。味覚なんてのは人それぞれですしね。ですから、どうぞ、お煙草もお吸いになってください。ボクも吸いますし、この店は居酒屋でもあるのですから。あまり神経質になることはありません。まあ、もっとも中華そばを召し上がる時は出来ればご遠慮願いたいのが本音ですがね。一応、香りが立つものですから」

「オヤジ、今夜はいつになく饒舌《じょうぜつ》だねぇ。すでにアルコールが入っているんだろう？」

「いやいや。教授は鋭い。確かに少しは飲んでいます。まあ、いつものことですから」

「あっははは。オヤジも私同様、老いの翳《かげ》が隠せないかなりの高齢者なんだが、酒と煙草に関しては自己管理のできない頑固な不良老人だからなあ。この二つからは永遠に手を切れない」

教授が豪快に笑いながら言った。

「教授の言葉には賛成ですね。酒と煙草はボクにとって疲労回復剤、精神安定剤です。言わせてもらえば、人生の活力源と断言します。疲れが癒え、気持ちが和みます。からだのことは、もう開き直っていますから……」

店主はそこで言葉を切り、視線を天井の方に向けた。

「それじゃあ、精神の栄養をさらに補給するとしよう」

と、教授は言って冷酒のお代わりを店主に促した。

「味覚なんてものは培ってきた個人の普段の生活の中に土壌があるんです。濃い味好みの親がつくる家庭料理を子供の頃から食べ続けていれば、そうした習慣がその人の味覚全体の原点、母体となり、味の基本情報としてその人の常識になっていくんです。育んできた環境に左右されてしまうというか、舌の記憶の影響はずっとつづいているんですよ」

と、店主は言いながら煙草の箱から一本抜き出して口にくわえた。

店主の物腰が妙にやわらかいのは軽い酔いのせいだったらしい。昨晩は多少の緊張感を強いられた部分もあったが、今夜は実に居心地がよいな、と義昭は思った。

「オヤジの言う通りだよ。飲み水の違いは大きい。地方性、気候風土によって様々だからなあ。食の慣習や年齢差もあるし、個人の好みはいろいろあって当然だよ」

教授がうなずいた。

店主が煙草に火を点けたので、義昭も一服することにした。

「そういうことを一度白紙に戻す努力をしないと、万人に旨いと言わせる本物はつくれない。手っ取り早いのは、外へ出てとびきり旨いものばかりを食べ歩き、自分自身の味覚をレベルアップさせることなんです。金はかかりますがね」

「ご主人は評判のラーメン店に足を運ばれますか？」

と、義昭が二人の話が途切れた頃合いを見計らって訊ねてみた。

「ボクは大北《おおきた》って名前。以前、屋号に『おおきた』ってそのまま付けていたんだ。だから、大北と呼んでください」

義昭はうなずいた。

「同業店に食べにいくことはまずないねぇ。必要もないし、勉強にならないですよ。自分のつくる料理の範疇《はんちゅう》からかけ離れたものを食べた方がヒントをもらえます。そういった意味で、ボクの味覚の歴史が、いまお出ししている料理に表現されているのです。しかし、それはまだほんの一部にしかすぎません」

「一品一品、お互いを引き立たせているんだよなあ。味もそうだが、全体の流れ、彩りとか調和が実に見事なんだ。だから、この店で飲む酒は格別に美味《おい》しいんだよ」

と、教授が言葉をはさんだ。

「教授にそうおっしゃっていただけると嬉しいですね」

「極上のつまみに負けない、互いの旨さを引き出し合う酒が後から出てきたりすると、素直にまいりました、なんだよな。オヤジは食い物に精通しているし、本物の味を見定めることが可能だからこそ、卓越した技を披露できる」

教授は冷酒を旨そうに飲んで言った。

「確かに私もそう思いますね。仕掛けの提案が緻密に計算されているからこそ、このバクダンなんか相乗効果を上手に操って仕上げていますね」

と、加瀬が横から言って、辰ちゃんの方を見やりながら、

「先ほど、この人の店で聞いてきたのですが、なぜお弟子さんにしてあげないのですか?」

と、店主に質問した。

「いやいや、ボクが教えるようなことなんか何もありませんよ」

「初めて訪問した私がこんなことを言ってはたいへん失礼ですが、味を残すこと、味の後継者ということを考えたことはないのですか?」

「味を継ぐ? 味を後世に繫《つな》ぐっていうこと?」

加瀬がうなずいた。店主はふと目を宙に漂わせたが、

「それは無理だなあ。ボクの味覚の代弁者はもう一人のボクがいない限り、まず実現不可能だ」

「秘伝はそう簡単には教えられないし、会得出来ないと……」

アルコールのせいか、加瀬は粘るように訊いている。酒が入ると矢継ぎ早に質問する癖があったから、店主の機嫌を損ねやしないかと義昭は気を揉んだ。

「奥義ってこと? 譲れない信念みたいなものはあるけど、そんな出し惜しみをするような隠し技なんかありませんよ。いろいろな旨いものを食べ歩けば自《おの》ずと見えてきます」

店主はきっぱりと言った。

「食材なんですか？」

今度は辰ちゃんが身を乗り出して訊いた。

「食材はもちろん大事だが、それを吟味する舌。そして、それを活かす独自の工夫だよ。どうやったら旨くなるか……だから、さっきも言ったでしょう。旨い中華そばの一杯を表現するためにはジャンルを問わず、本当に美味しい極上のものを食べ歩かなければ駄目なんだよ。金は半端なくかかるけれどね。最終的には自らの舌を信じることだ」

「様々な味覚をモノにする舌の鍛錬ですね。経験ですね」

と、加瀬がうなずいた。

「ラーメンのノウハウ以前の大きな課題が立ち塞がっているんですね」

辰ちゃんが腕を組んで考え込んだ。

「辰ちゃん、そんな難しく思いめぐらす必要はないよ。ただね、食いたいものが頭の中に浮かんでくるとする。同じものなら妥協しないでより旨い方を選んで食う、その習慣だけだよ。まず、食べることが大好きじゃないとね。自身も含めて研ぎ澄ます気持ちが大事なんだ。お客様に召し上がってもらい、満足していただける旨いものをつくろうとする信念。肝心なことは自らつくった味について自らが冷静になって質の度合いを判断し、きちんと価値評価ができるかだ。必死になって実直に向き合えばいいんだよ。ただね、技量を身につけても持って生まれた味覚のセンスで決まってしまうところがあるのも事実だ。生易しいものではないね」

と、熱っぽく語った。

「ラーメンと対峙《たいじ》する姿勢をおやっさんから見習いたいんです。流儀なんか、逆立ちしたって絶対に敵《かな》わないことはわかりきっていますから……心得だけでも……」

辰ちゃんが悔しそうな口調で言った。

「さて、ぼちぼち、中華そばをつくりますか」

店主は辰ちゃんの言葉にはこたえず、手を洗ってからスープを確認し、丼を取り出して仕事の準備を始めた。

辰ちゃんは淋《さび》しそうな表情をしていた。確かに辰ちゃんの気持ちもわからないではない。基本に忠実、やるべきことをきっちりこなすのは何事においても正論だろう、と義昭は自分の仕事のことは棚に上げて考えた。

辰ちゃんの個人的な事情、都合は知る由もないが、あのラーメン屋で働いていること自体、方向性が定まっていない事実を指し示している。その先の一歩を踏み出そうとしない消極さを店主はもどかしく思っているに違いなかった。

「手打ちの麺は一日にどのくらい用意するんですか?」

加瀬が訊いた。

「仕込みの量? そうねぇ、ボクはジジイですから体力もないし、その日の気分、気持ち程度でしょう。量をさばくための店ではありませんから。ところで五人分かな?」

店主が全員を見渡して訊いた。教授は飲酒に集中すると言って遠慮したので、つくるのは四人前だが、湯が煮えたぎった大鍋に入れられた麺は昨夜同様、一玉のみ。効率は悪いが確実の一杯が約束される段取りだ。

手際のいい仕事に加瀬と土井と辰ちゃんの目は釘付《くぎづ》けになっていた。茹でられた麺を素早く湯切りする。あいかわらず手の振りは力強い。店主の機敏な動きを見ているだけで気持ちは高揚してくる。作業の流れは昨夜と同じだ。仕上げに少量の香味油が垂らされた。

スープの削り節の匂いが漂ってくるだけで食欲がそそられる。

「胃袋がうずいてきました」

と、土井が目を輝かせて言った。

最初に出来た一杯が加瀬の前に置かれると、加瀬は麺喰《く》いの姿勢に入り、吸い寄せられていくように丼を両手に持ち、スープの香りを楽しみ始める。

「口当たりがいい。雑味のない細やかな味だ」

と、スープを口に含んだ加瀬がつぶやいた。

土井につづいて、三番目に置かれた熱々の丼を義昭は手にとる。胃袋が待ち受けていた。

透き通ったスープを啜った時の豊かな風味の引力は半端ない。素直に納得出来るラーメン本来の旨さがある。重層的な深い味わいを醸し出し、鋭さだけではなく、繊細さを併せ持つスープと麺とのバランスはどうにも素晴らしかった。

丼から立ちのぼる湯気の中に店主の想《おも》い、熱意、気概がこもっているような気がした。そこいらのラーメン屋の一杯とは、あきらかに力量に違いがある。義昭は食べすすんでいくうちに心地よく圧倒されてしまうのを感じた。

昨日なかったものが一つ入っていた。煮玉子である。箸で持ち上げようとすると、ゴムまりのような柔らかな弾力があった。レンゲがないので玉子をいじりながらどうやって食べようかと思案している義昭を見て、

「中身はトロトロの半熟だよ。熱いから気をつけてね。高知県産、土佐ジローの有

精卵です」

と、店主が言った。

思い切ってパクつくと、ネットリとした黄身が流れ出して、濃密な甘みが口の中にひろがった。

(うーむ、なんともコクの強い味わいだ……)

玉子の白身部分はダシ醬油の味付けがほどよくしみ込んでいてたまらない。スープを口に入れ、玉子全体の滋味を確認するように食べすすんだ。

「中華そばに味付け玉子は合うのか、いまひとつ疑問なんだが、今日はちょぃと遊んでみました」

店主はそう言いながらも、相当に自信があるようだった。

「ああ、やっぱり美味しいですねぇ」

と、辰ちゃんがしきりに感心している。

「味が引き締まっています。まいりました」

義昭は誰に言うともなくつぶやいた。

死角のないラーメンに再び感動を覚え、改めて『おおきた』の味に魅了され、そして、完全に打ちのめされた自分がいる、と義昭は強く思った。

「うっとりしてしまう味です。さすがに手打ちの麺は食感が違う。やはり、親父さんの一杯はどうにも人を惹《ひ》きつけるものがあります。名品健在ですね」

と、一心に麺を啜りこむ土井の表情からは、しきりに笑みがこぼれていた。

「なるほど。これは土井さんが虜《とりこ》になるわけだ。味に説得力がある。しかも、手打ちならではの麺本来の味が楽しめる。本当に畏れ入りました。麺の主張を引き立てるスープでありながら、逆にスープの持ち味を余すところなく活かした麺だ……」

加瀬が土井の言葉に大きくうなずきながら言い、

「全体に力感があります。とにかく麺が旨い。味わいが新鮮なんです。心の奥深いところを揺さぶってくるような、ラーメンの王道が垣間見《かいまみ》える味わいです。この麺は一度、つけそばで食べてみたいですね」

と、感想を述べた。

店主の一瞬ニヤリとした表情を義昭は見逃さなかった。

「つけそば？　何ですか、それは」

教授が加瀬に質問した。一般に浸透している「つけめん」を教授は食べたことがないのだろう。

「わかりやすく説明すると、もり中華、もりそばの中華版なんですよ。お蕎麦《そば》屋さんのもりそばをイメージしてください。茹でた中華麺を直ちに冷水で締めて別皿に盛り、そのお店独自の熱々のつけ汁にくぐらせて食べるのです。麺が主役のメニューですね」

「ほう。それを聞くと食べてみたくなるねぇ。なんだか鴨《かも》せいろみたいだ」

教授の言葉に加瀬はうなずいて、

「つけそばをラーメンの範疇に入れない人もいますが、兄弟の間柄です。麺自体の旨みをダイレクトに味わえるのが特徴ですね。まして、このお店のようにこだわりを持った手打ち麺ならいうことはありません。私たちが入店した時につくられていたのは、ひょっとしてつけそばの試作品では？」

と、店主に訊いた。

「お見通しでしたか。実は明日からしばらく休みます。凝り性なものでして、もう少し時間をかけて取り組もうと考えています。皆さん年末でお忙しいのは重々承知ですが、最後の週の土曜日の晩に今夜のメンバーでいらしてください。かねてよりあたためていたボクなりのこだわりを貫き通すべく、年越しそばとして、私家版のつけそばをご披露させていただきます。改良中の新麺の手打ちをご用意しますから楽しみにしていてください」

と、店主が言うと、

「おおっ！」

ほぼ同時に一同から大いなる期待の声があがった。

「ただし、ボクのつけ汁はかなり毒気がありますよ」

店主は全員を見渡しながら白い歯を見せて言った。

「さてと、ボクも肩の力を抜いて軽くやるとしますか」

と、笑顔になって、冷蔵のショーケースから一升瓶を取り出した。

4

数日後、青木義昭は所属長から急な特販の業務命令を受け、ＪＲ吉祥寺駅前まで出かけることになった。

先方得意先との打合せ時刻は午後二時と指示されていた。

多摩地区の営業を受け持ったことのない義昭は界隈《かいわい》の地理には疎いものの、先方の会社は駅前のビル内というから迷いはしないだろう。問題は昼メシをどこのラーメン屋で食うかである。

義昭は新入社員当時、昼食は決まって街の安い中華料理屋に入ってラーメンと大盛りライスを頼んでいた。給与の手取りが少なかったからワンコイン程度で腹いっぱいにできる食事といったらそんなものだった。

たまに出前中心の大衆そば屋に出かけて、かけそばと白飯に変えることもあったが、翌日には再びラーメンライスに戻っていた。肉好きにとって、たとえ薄くてもチャーシューは何よりのご馳走だったし、脂の浮いているラーメンスープを一滴残らず飲み干すと、けっこう腹に溜《た》まって夕食時まで何とか保てたのだ。その頃から十五年が過ぎている。

「吉祥寺方面で、旨い店はありませんか?」

朝のミーティングが終わってからしばらくして、義昭は隣の課の加瀬吾郎の席に出向き、今日のスケジュールを話しながら質問した。

「吉祥寺ねぇ……。いくらでもあるが、『ホープ軒本舗』、『春木屋』の支店、『武蔵家』、あと、『蒙古《もうこ》タンメン中本』、『ぶぶか』、『天下一品』、『生郎《なまろう》』は閉店したんだったな……そういえば、隣の三鷹《みたか》駅には名店『江ぐち』の味を継承した『中華そば　みたか』がある」

駅名を言っただけで店名がずらりと出てくるのはさすがである。

加瀬が同僚に流すラーメン屋情報に影響を受けて以来、義昭は外回りの昼食には必ずラーメンを選んでいた。加瀬から教わった店は、義昭が今まで食べていたご近所中華のラーメンの味わいとは一線を画すものばかりだった。知らずのうちにバリエーション豊富な未体験の一杯を求め、ラーメン食べ歩きの世界に引きずり込まれていた。

加瀬はラーメン仲間から数多くの情報を収集して吟味、検討後、自分でこれはという店に足を運んで味を確かめ、候補店を濾過《ろか》するようにして伝えてきたから、加瀬の指定する店に外れはなかった。

教えられた店の美味しいラーメンを何杯も食べていくうちに、義昭もまた、いつの間にかラーメンの魅力の虜になっていた。

「そういえば、青木。いまオレが言った『ぶぶか』という店で思い出した。お前さん、油そばを食べたことはあるのかい？」

「油そばですか？」

義昭は首を横に振った。

「うーむ。食べていないのか。案外知られているようで普通の人の既食率は思ったより低いからな」

「話題になっている、まぜ麺のことですか？」

「そう。その原点の店だ。ここを食べないことには油そばを語れない……」

「見逃していました」

「多摩地区のご当地ラーメンの範疇のひとつに入るだろうな」

　と、加瀬は腕を組んで言う。

「つまり、地域性のある一杯が食べられるということですね」

「ああ。東京には八王子地区に歴史の古い地ラーメンがあるが、そっちの方はいずれまた教える。まずは今日のお前の訪問先に合わせて言うとだな、吉祥寺駅から二つ先、JR武蔵境駅で降りれば発祥の店に辿り着ける」

　店名は『珍珍亭』といってな、と加瀬がつづける。

「連日行列の賑《にぎ》わいを見せているんだ。駅からは徒歩約十五分。北口から亜細亜《アジア》大学をめざせば見つかるよ」

　亜細亜大生やそのOBならば知っていて当たり前の店だという。

「学生が冬休みに入ったとはいえ、人気店だから昼前までには到着したほうがいいな。アポは二時だろ？」

　義昭はうなずいた。

「あ、そうだ。駅前から循環ミニバスが出ているという話を聞いた気がする。とにかく行ってみな。驚くとは思うけれど、実にウマイから」

と、薦められたのだ。

義昭がＪＲ中央線の武蔵境駅に降り立ったのが午前十一時。駅前の商店街に歳末大売り出しのディスプレイが大きく張り出され、師走の雰囲気が見られた。上空は灰色の雲に覆われている。都心より気温が低く感じられた。予報によれば今年一番の寒さらしく、夕方から雪になるらしい。

部活動で登校している学生たちの混雑にぶつかることを考え、時間に余裕を持って行くように、との加瀬のアドバイスに従い、かなり早めの時間に着いたつもりだったが、果たして、営業暖簾の前に順番待ちの客が数名並んでいた。なるほど、と思いながら義昭は最後客に接続する。寒い場所での行列に加わり、じっと待っているのも最近は慣れてきた。

しばらくして列は動き、義昭は店内に入った。えらい盛況ぶりだ。学食に紛れ込んだような熱気漂う光景に出くわした。加瀬の言ったことはどうやら本当らしい。客は亜細亜大生とおぼしき男女の若者たちが大半を占めていた。その中に場違いのように数人、どう見てもサラリーマンとは思えない普段着姿のおじさん連中が奥のテーブルを陣取ってビールを飲んでいる。多分地元の常連客だろう。

義昭は列の順番に従い、男子学生の左隣に並ぶ形でカウンター席に腰掛けた。店員のおばちゃんがさっそく注文をとりにくる。

周囲では「特大!」、「チャーシューの葱盛り」などといかにも馴れ親しんだ頼み方をしている。しかし、義昭には何のことやら全く意味不明のオーダーだった。

よほど忙しいのか、おばちゃんは急《せ》かすように義昭に目を向けてくる。何だかよくわからないまま、隣の学生にならって「大ひとつ」と頼んだ。

何気なく後方のテーブル席を覗き込むと、旨そうに麺を啜っている姿は繁盛ラーメン店での見なれたシーンだが、何か違和感めいたものを覚えた。

うーむ? と義昭は考え込んだ。そういえば、どこからもスープを啜る音が聞こえてこないではないか。美味しそうに、そして、せわしげに黙々と麺を頬張っているものの、レンゲを使ってスープを飲む姿が見られない。注意して目を凝らすと、それもそのはずで、客の丼の中にはスープが入っていなかった。

(これが、油そば……?)

ようやく義昭の目の前に置かれた丼の表情を眺めて啞然《あぜん》とした。

チャーシュー一枚に数切れのメンマと刻み葱。そして、彩りも美しいナルト。麺の上に添えられた具材の配置からして、見た目はごく普通のラーメンであるにもかかわらず、麺が気持ちよく泳ぐべき熱々のスープが不在だった。

湯気は立っている。だが、それはかなり太めの麺自体から昇り立つもので、本来ならば丼を前にして最初に口にする、そう、厨房の中の職人が愛情をこめてつくった店の看板ともいえるスープが、どこをどう探しても見当たらないのだ。

めざすスープをゴックンと啜れないため、箸を持って本格的に挑む態勢に入った義昭は面食らってしまった。

（これが加瀬先輩の言っていた、驚くとは思うけれど、実にウマイから、のことなんだな）

義昭はおそるおそる、多少ちぢれた麺を掬い上げてみる。丼の底に油分の混ざった醤油タレが沈んでいるのが見えた。ドロッとしたこの少量の液体がスープのかわりではあるまい。義昭はその時、ふと似たような丼の記憶が目に浮かんだ。以前、社員旅行で伊勢神宮を訪れた際、店オリジナルのたまり醤油を使ってつくられた「伊勢うどん」を思い出し、甘辛の濃いめの汁を絡めて白うどんを啜った時の食感がよみがえり、な～るほど、と素直に納得してしまった。

義昭はまだ麺を口に入れずに、そのタレを左手人差指にそっと付けて舐《な》めてみた。醬油味のラーメンスープを長時間煮詰めたなら、多分こんな濃縮された味になるのではあるまいか、と勝手に推測。考えるに、油タレ自体に味の秘密があり、隠された鍵は「油」本体が握っているのに違いないと思った。だから、ストレートに「油そば」という名称なのだろう。

その肝心の「油」は胸につかえるようなありきたりな安物のラードでないことは確かだ。しつこさは全くなく、むしろ、旨みを十分に含んだ秘伝のタレとして産み出され、食欲を煽る趣深い味に仕上げられている。

隣の学生はというと、カウンターに置かれた赤い液体が入った容器と、若干黄色っぽくくすんだ液体の入った器を交互に手に持ち、丼の中にドバドバと降り注がせている。そして、万遍なくかき混ぜた後、それらが絡まった麺を勢いよく口の中に啜り込んでいた。

義昭は箸に挟んだままにしておいた麺を味わってみた。かなり弾力のある中太麺の感触が舌を通して伝わってくる。麺に付着した油タレのネットリ感がしだいに口の中にひろがってきて、おい、なんなんだ、このラーメンは、と自問自答しながら、麺をもうひとすくい口に運んで嚙みしめた。

うーむ、味はいけるのだが、何か物足りない。普通ならここで丼を両手に持って、おもむろにズズッと熱いスープを喉に流し込んで味を確かめる場面だろう。しかし、肝心のそのスープが器には入っていない。

隣の学生を見習って、まず赤い液体を丼に垂らしてみた。一見ラー油とおぼしき光沢のある代物。ゴマ油の風味は少なく、餃子《ギョーザ》に必須アイテムのピリカラ唐辛子入りのくだんのラー油ともどこか違う。マイルドな味わいだが、油分はネットリでベタベタ。

そして、もう片方の液体の入った容器は手に取った時の匂いだけで酢と判明。同様にひとつ円を描くように軽く回しかけ、丼底のタレに浸っている麺を上面に持ち上げ、ほぐしながら、垂らした二種類の液体が全体に行き渡るように掻き混ぜた。

この時、あっ、と思った。これはまるでビビンバを食べる時の作業ではあるまいか。まぜる、まぜる、掻き混ぜる。せっかく美しく盛りつけられた具を思いっきりくずして食べるところなど、どことなく共通している。メンマと刻み葱は麺と麺の間に散らばり、ナルトと厚めのチャーシューは下の方にもぐり込んでしまった。

（よーし、やっつけてやるぞ！）

義昭は多めに麺をすくい、口に運んだ。味わいがドンと増したのは、後から加えた適量のオリジナルラー油と酢の為《な》せるパワーか。微妙になじみ、まろやかさが出てきて深みがひろがった。

脂っこさは酢によって中和された。噛みしめた麺に潜む鼻をくすぐる独特の香り。そして、モチモチとした麺に絡まる油タレとの絶妙なバランス。渾然《こんぜん》一体となった旨みが舞い上がり、ワシワシと食べられる。

二口、三口と食べ進むうちに、義昭は「油そば」という名称を理解出来たと大袈裟《おおげさ》に思った。麺に絡み付いた油タレこそ、スープエッセンスそのものであることを。

(なるほどねぇ……)

これは一度ハマると病みつきになりそうな常習性の高い味だ。

衝撃だった。

(やられてしまったな……麺好きを虜にする中毒性の旨さがある……行列店になるわけだ……)

と、義昭は大きくうなずいた。

独自性という言葉を用いるのは簡単だが、この一品をつくり出す発想、そして、工夫を重ねたであろう技に素直に頭の下がる思いがした。

義昭は、新たに巡り会えた強烈な個性を持つ複雑な味わいに大いなる興奮を覚えつつ、これはウマイっ！　と心の中で叫び、再びワシワシガツガツと一心不乱になって食らいついた。

店を出てから、携帯を使って加瀬に『珍珍亭』の感想を報告すると、

「それはよかった」

と、いつもの軽快な笑い声が伝わってきた。

「油そばっていうと、いかにも油分のくどそうなイメージがあるが、そういう先入観を緩和させるために最近は汁なし、スープなし、とか、或《ある》いはまぜ麺、和えそばって呼ばれるようになった」

「そうでしたか」

「しかし『珍珍亭』でいえば油そばの名称じゃないと逆に違和感がある。半世紀前からのメニューだからな。きちんと定着している。油そばの先鞭《せんべん》の地位を動かぬものとしている店だ」

「わかる気がします」

「だから、始祖店と言える。ところで、青木。ラーメンの方も食べたんだろうな」

「あっ……」

「なに？」

「うっかりしていました」

「ったくぅー」

「しかし、とにかく驚きました。ラーメンって、奥がまだまだあるんですねぇ」

「ほう、少しは物を言うようになったじゃないか。おっと、電話が入った。じゃあな、仕事しろよ。実績が悪いって聞こえているぞ」

と、加瀬は言って、通話は一方的に切れた。


天気予報通り、夕方から小雪がちらつき、夜が更けるにつれて本降りになった。珍しいというより十二月の雪なんて記憶になかった。

青木義昭は『おおきた』を知ってから、帰宅時には店舗のある狭い裏路地の方を歩くことが多い。いよいよ『おおきた』のつけそばの試食会が明日に迫った底冷えのする夜だった。

人通りの少ない小路は一面雪におおわれている。首筋を冷たい風が吹き抜けていった。

義昭は傘を差しながらいつものように店前までやって来ると、ちょうど戸を開けて表に出てきた店主と目が合った。

「仕事帰り？」

店主の問いかけに義昭がうなずくと、

「遅くまでご苦労さんだねぇ。どう、ちょっと寄っていかない？」

「よろしいのですか？」

「ようやく麺づくりに成功してね。気持ちよく酒を飲んでいたんです。外の空気を吸いに出てみたら、青木さんがいた。それにしても凄い降りだねぇ。これは積もるかな。暮れも押し詰まった晩に雪なんて稀《まれ》なことだ。寒いはずだ」

「私の自宅はすぐこの先ですから影響はありません」

「それなら飲んでいきなさい。いい酒がある」

「ありがとうございます。明日が楽しみです」

「嬉しいことを言ってくれるねぇ」

店に招き入れられ、並ぶように座った。カウンターの上に一升瓶がデンと置かれてある。

「さっきまで教授がいたんですよ」

「そうでしたか」

「休みにしていても教授はドアを叩いて入ってくるからねぇ」

と、店主は笑みを浮かべ、義昭のために新しいグラスと受け皿を持ってきて、酒をなみなみと注ぎながら言った。店主が飲んでいた一升瓶の銘柄は出羽桜大吟醸。山形県天童市の誇る癖のない口当たりの素晴らしい銘酒だという。

お疲れ様でした、と義昭は言ってグラスを合わせ、ひと口含んだ。キレがあって、五感にしみわたる旨い酒だった。

「営業していないのに店内で酒を飲めるなんて教授は超常連なんですね」

と、義昭は訊いた。

「ボクの飲み友達でね、気が合うんですよ。湘南に店を構えていた頃、二人して藤沢の居酒屋によく出かけた」

店主が煙草を取り出したので、義昭も胸ポケットから一本抜き出した。

「教授はボクの四つ年上。来年か再来年、古希になったら講義の方は退くと言っていました」

店主は煙草に火を点けて言った。

(逆算すると店主は六十代半ば……六十五歳かな?)

煙草に火を点けながら考えた。

「ボクの一方的な思い込みかもしれんが、繋がりは強いと思う。ボクの数少ない人間関係の最も大切な一人かな」

と、グラスの酒を半分ほどひと息に空けると、店主は低い声で静かに言った。遠い昔の記憶を辿っているような眼差しをしている。

「そうなんですか」

「教授が一番の常連かな。と言っても酒飲みだけどね……おっと、酒の肴を出すのを忘れていた」

煙草を灰皿の中に押しつけて立ち上がった。

小鉢に入ったつまみが提供された。イカゲソと葱の酢味噌《すみそ》和えの一品だ。

「どう、旨いでしょう」

「いいですねぇ。冷酒にぴったりです。心が豊かになります」

からだを斜めにしての差し向かいの酒になった。

「打ち明けた話、酒に合わせたボクの食べたい肴のひとつなんだ……」

店主は新しい煙草に火を点けると、深々と煙を吸い込んだ。

「実現したい夢がひとつひとつ叶《かな》うと、思い切り感動してしまう……」

と、自らの心境を語りはじめた。

「いろいろな分野の美味しいつまみ料理をつくりたくなってねぇ。ボクの本音としては『おおきた』の中華そばを気に入ってくれる常連さんに味わってもらい、そして、思い切り唸らせたくなってね。いつしか、中華そば一本では満足出来なくなってしまったんです。でも、そうは言っても中華そばもボク自身なんだから困ったことでね。ボクは欲張りなんですよ」

見た目より酔いが回っているようだった。

「ボクのこの居酒屋的なやり方は、中華そば好きの人たちには噛みあわないでしょうね……。それはそれでしかたがありません。ボクは大勢のお客さんを惹きつけようだなんて、そして、足繁く通っていただこうなんて、そんな気持ちはもうなくなりました。ボクの味をわかってもらえる常連さんだけでけっこうなんですよ。ですから、ボクがつくって旨いと思ったものしかお出ししない」

義昭は黙って聞いていた。店主はアルコールが入ると口数が多くなる性質なのか、上機嫌だった。それにしても、流行らなくてもいい、だなんてどういうことなのだろう。店主一人で切盛り出来る余裕からなのか。

「中華そば屋は所詮中華そば屋です。それでいいんだけれど……ボクはそれだけで終わらせたくはなかった。歳を取ったし、人生の残り時間には限りがあるでしょう。

長いこと一つの同じ仕事をやっていると中華そばの全体像が少しは見えてくる……」

店主はグラスの酒を口にして言った。

「先日、私家版のつけそば、とおっしゃいましたよね」

「あっははは。まったく、麺は生きものだよ。粉の選定、水との配分調合がやたらと難しかったし、時間がかかった。まあ、以前からそれらしき形のものは出来ていたのだけれど、やっと幻の小麦と呼ばれている粉が手に入ってね」

「そうなんですか」

義昭はネクタイをゆるめ、耳を傾ける。

「北海道産のハルユタカの改良ものなんだ。しかも無農薬。小さな地域での限定品で極端に生産量が少ないから市場には出回らない」

「………」

「薫りも弾力も納得出来るものでね。加水はアルカリ度の相当高い冷鉱泉だ。加水率は45％。カン水は使わない。だから麺はかなり白い」

「ええっ？　つまり温泉ですか！」

「面白いだろう」

「驚きました」

「味にたいしては、さほど意味はないがね。塩は沖縄産を使い、酒を少々……思い込みだけの自己満足かもしれん……あっははは」

と、店主は豪快に笑った。

「明日の晩は何時頃にお伺いしてよろしいのですか」

「うーむ、そうねぇ。厨房にひとつ準備が必要だから、お出しできるのは夜の八時頃かな。講義がないはずの教授は早くから来て飲んでいると思うけど、他の人には青木さんから連絡をお願いします」

「かしこまりました」

「さ、もっと飲んでいきなさい。ボクの本日の仕事は打ち止め。今夜はご馳走します」

と、溢れんばかりに酒を注いでくれた。

「まあ、ここもボクの小さな城ですが、ボクには次の夢があってね。いま、ボクの頭の中では最終的にこの店を整理して、海辺に近い、或いはどこか静かな山の里で小さな温泉宿を営んでみたくてね。やはり、つくり手として最後に求めるのは美味しい水にこだわることになるのかなあ」

「……………」

「記憶力の低下というか、物覚えが悪くなってきたし、からだの細胞が劣化し、衰えつつあるんだな。崩壊していく前にやっておきたいね」

店主は少し真剣な目の色になってつづける。

「食材の選択は大事なことだが、要は、水だな。質のいい水がふんだんに湧く土地が最低の条件だ。それが温泉地ならいうことはないねぇ。温泉が大好きなんだ」

「宿って、民宿のような？」

「資金はあまりないから湯治宿風情のこぢんまりしたもの。ボクはいま独身です。長いこと同棲《どうせい》していた女性がいたんだが、まあ、内縁の妻というのかな、ボクの逡《しゅん》巡《じゅん》で結婚には至らなかった……実はね――」

酔いがひろがっているせいか、店主はプライベートを語ろうとした。

「規模はどれくらいですか？」

義昭は遮るように質問した。

「従業員は雇わずにボクひとりでの切盛りですから、一日一組。多くても四、五名が限度かな」

店主は自分のグラスをひと息に空けて、また注ぎ足した。

「気張ったところがない、気疲れのしない、客の立場になって迎え入れられる応対上手を心得た温かみのある宿。ありきたりの表現になってしまうが、ひと言で述べると居心地のいい静かな保養宿。客側としては予約の取れた時点で気持ちが弾んでくる宿かな」

と、目を細めて言った。

「宿は本来、部屋を売るところなのです。内容の濃い、まごころのこもった二食を付けてね。いずれはフグ専門の調理師免許を取得してね、本当に舌を愉《たの》しませてくれる旨いものだけを適量にして、彩り豊かな品々を並べるといった感じでね。フグの白子焼きにはじまり、唐揚げは必須だな」

「フグですか！」

「ボクは透き通るような薄い刺しは好みじゃない。たとえ何枚も重ねて口に放り込もうと、分厚い塊の身にはかなわない。そんなフグを客に食べさせたくてね。口に入れて噛みしめた時の味わいなんて、それはもう、さらに噛みしめていくほどに身の旨みと甘みがひろがって悦楽ですよ」

「いやあ、いいです、いいです。それ、たまりません！」

義昭は大きくうなずいた。

「素材は吟味された豪華なもの。安くはないよ。お一人様最低でも三万円はいただかないとな。夜食にはそう、或いは朝食でもいいかな。もちろん特製中華そば、なんていうのもオツでしょう」

「うわあー、そいつは凄い。いたれり、つくせりの宿ですね。私はいまから予約します。是非とも第一号の客になりたいです」

「あっははは。よし、わかった。承ろうじゃないの」

義昭は少しずつ酔いが回りはじめていた。

「腹の具合はどうかね？」

「いえ、大丈夫です」

「では、もう二、三杯」

店主は一升瓶の栓を抜いて義昭のグラスになみなみと注ぎ足した。

5

降り続いていた雪は朝方にやんだらしい。

日が差している。快晴だった。

義昭は昼過ぎまで布団に潜り込んでいた。ようやく起き出し、エアコンを点けた。どうやら昨晩は大北店主に勧められるにまかせて飲み過ぎたようだ。二階のガラス窓から久しぶりに見る都心の雪景色は、見飽きた日常の風景を思い切り変えていた。

義昭はパソコンで交通情報を確認した。多少の遅れはあるものの、首都圏の路線運行に大きな乱れはないようだった。昼食のために出かける気になれず、買い置きのカップメンで済まし、テレビを観《み》ながらベッドの布団の中に足を入れて横になっていると、いつしか眠ってしまった。

約束の時間を考えて少し早めにアパートを出た。

家並みはひっそりしている。残雪が光り、冬の夜の気配が濃密に漂っていた。白い息を吐きながら坂道をゆっくり上がる。ところどころ雪が凍っている。滑って転ばないように注意深く歩いた。表通りの両側の街路樹の隅に、付近の住民たちの手によって雪が積み上げられてあった。夜道は冷え切っている。車の入り込めない狭い路地裏が白いものをまとっているだけで、いつもの光景とは違って見えた。雪明かりに映えた『おおきた』の軒先に暖簾はなく、明かりはいつもよりぐっと落とされ、引き戸に本日貸切りの張り紙が貼られてある。

店前は丁寧に雪かきされて塵《ちり》ひとつなかった。

冷気が遮断された暖かい店内に入ると、加瀬と土井が先に来ていた。教授はいつもの場所を陣取って燗酒をやっている。しばらくして辰ちゃんが姿を見せた。どうやら店を抜け出してきたらしい。

本日限定で披露される『おおきた』の中華つけそばを求めて、大北店主の味に惚れ込んだ人たちが一堂に会した。

仕度はすでに整えられていた。

「最初で最後。早めの年越しそばとして今夜一回限りの献立です。巷《ちまた》のスープ割りというものはありませんのでご了承願います」

と、店主が宣言して仕事に取り掛かろうとした時、店の戸が引かれてショートカットの若い女の子が入ってきた。

「トモちゃん、待っていたよ。親父さんには無理を言って今夜の参加の許可はもらってあるから。雪の影響で遅れるってメールにあったけど、ここの住所を教えておいてよかったよ……さあ、中の方へ」

土井が席を立って、その女性の近くに歩み寄り、

「彼女は栃木のラーメンクイーンと呼ばれているトモちゃんです。自宅で研究しながら自作ラーメンをつくる根っからのラーメン好きの女性です」

と、皆に紹介した。

「土井さん、凄い美人じゃないの」

店主をはじめ、誰もが見惚《みと》れていた。

厚手のコートを脱ぐと、いま流行りの軽快そうなスーツを身に着けていた。表情がチャーミングな綺麗《きれい》な人だった。

若い女性の登場に店の中が急に明るくなった感じがした。

「はじめまして、山川智子《やまかわともこ》と申します。本日はよろしくお願いいたします」

「厨房の中の店主が伝説の『おおきた』の親父さん。加瀬さんとはほうぼうのツアー参加で面識あるよね」

と、土井は言って、他の人を一人ずつ紹介した。

「モデルさんのようなこんな美しいお嬢さんがラーメン仲間とはねぇ……」

教授が目を見開いて、今夜は旨い酒が飲めるわい、と一人つぶやいた。

「ボクも教授と同意見だなあ。つけそばの後も、きちんと心をつくしたおもてなしをしなければなあ。あ、大事なことを忘れていました。つけそばは二人前ずつの仕込みになります。つけ汁の香りが繊細ですから、最後の人が食べ終わるまで、しばらく禁煙ね」

と、店主は笑いながら言った。

トモちゃんは加瀬と土井のあいだに座った。

昨夜は気づかなかったが、麺を茹でる大鍋がもうひとつ用意されていた。鍋の中の湯は両方ともグラグラ煮えたぎっている。

店主はいつものように麺箱から麺を取り出したが、色白の麺は、何と太麺と細麺の二種類が用意されていた。それに逸早《いちはや》く気づいた加瀬と土井、そして、辰ちゃんが同時に驚きの声を上げた。

最初に太麺が静かに放り込まれた。緊迫した空気が漂う。

「しかしね、中華そばの手打ち麺を過大評価してはいけないんです」

と、店主が棒箸を器用に操りながらぽつりとつぶやいて、

「手づくりがすべて優れているかというと、そんなことは決してない」

と、付け加えた。

「確かにそうでしょうね」

と、加瀬が受け、次のように述べはじめる。

自家製麺は粉を自在に配合し、店主の思い描いた麺を微調整しながらつくれるという利点がある。時間と労力を惜しまずに自家製麺にこだわり続けるのも、店のスープに合った最上最適の麺をつくり手が望むからにほかならない。ましてや機械に頼らず、すべての工程を思うまま操る手打ちの仕事量は生半可なものではない。店主の言う通り、手打ち本来の技術と、つくり手の味覚、質とが伴わなければ、製麺屋の麺より劣るのは事実である。

「つまり、粉を吟味し、粉を練り上げてつくり出される『おおきた』さんの極上麺は、大北店主の手間暇を厭《いと》わない情熱が練り込まれているんです」

と、言った。

「うまいこと言うねぇ」

教授が加瀬の説明に大きくうなずいた。すると、

「本音を言うとね、粉を吟味する蕎麦屋のこだわりじゃないが、自分の畑で小麦を栽培して刈り入れ、製粉をやってみたかったんだ。しかし、さすがに現在のボクの労力では無理だから、入手した小麦の製粉は北海道の知り合いのプロに任せている」

店主が笑顔を見せて言った。

「でも、製麺屋さんから出来合い品を購入するよりコストがかからないのは事実ですよね？」

と、辰ちゃんが加瀬に質問した。

「そこなんだよ。いまの製麺業界もしのぎを削り、各ラーメン店からの要望に応えようと切磋琢磨《せっさたくま》して向上を図っている。そうした努力の成果で、最近の業者のつくる特注麺は半端なく出来のいいものが数多く出回るようになった」

加瀬がこたえた。

「むしろ、親父さんの麺はコストがかかり過ぎているかも……」

横から土井が言うと、加瀬はうなずいた。

もうひとつの大鍋に細麺が浮かべられた。時間差は、あえて同時に提供するための茹で具合の調整だろう。

「茹でる時は特に厳格な気持ちになることが大事なんだ。つくり手の原点に立ち返り、素早く泳いでいる麺を掬い上げ、きちんと湯切りする。今回は二つの鍋があるから大変だ。しかし、しかしだね、遊び心の精神も大切なんだよ。普通はやらないが、二種類の麺の違いを同時に味わってもらうこと――」

大北店主が辰ちゃんに言った。

「はい」

「こんな面倒な手打ちは商売に向かない」

と、店主。

「し、しかし……」

「自宅を兼ねたボクの店は借り店舗ではない。土地もボク名義だ。店本体の資産と、しばらくやっていけるだけの運営資金があって、はじめて可能性が見えてくる。しかし、そんな環境があっても、本当に旨い一杯を提供するのは至難の業だ」

「はい」

「ボクの手打ちの麺は一日寝かせている。寝かすと熟成加減で旨みが生まれるのは事実です。しかし、今日の麺は鮮度にこだわりました。その場で打ったばかりの、つい先ほど仕込んだ打ち立てです。小麦の香り、麺自体の甘みを存分に味わってほしいんです」

「そいつは凄い」

加瀬が目を輝かせている。

麺を茹でている最中、店主は喋りながらチャーシューと葱を炭火の上で炙るという別の仕事をこなしている。店主の手は遊ばない。

「こうして、どこか気持ち良さそうに、しなやかに泳ぐ麺を眺めていると、こっちまで嬉しくなってくるなあ」

加瀬が店主の動作を食い入るように見つめながら言った。

大北店主の動きは迅速で、仕事の流れに気迫が感じられた。

太麺をすくって軽く湯切りをし、氷水を張った大きなボールにつけた。ぬめりを拭うように揉みながら洗い込む。浄水器からの水は流しっ放しだ。冷たい水で締める時間は素早ければ素早いほど麺の新鮮さは保たれる。

僅かな差で今度は細麺の番だ。同じ工程の流れで進行。二種類のけっこうな量の麺がひとつの大きな器に盛り付けられた。太麺は割り箸ほどの太さに見える。

「試食はどなたからです？」

皆の目が教授に向けられる。

「いや、私はそんなに食べられない。全部平らげたらズボンが穿《は》けなくなってしまう。後で辰ちゃんの分から少しばかりもらうから」

と、教授は盃を口にして言った。

「両方合わせて何グラムなんですか？」

加瀬が店主に訊いた。

「細麺150g、太麺130g。多いようですが、つけそばとしては理想の量だと思います」

「そうですね。二つの味が同時に楽しめるサービスなんて素晴らしすぎます」

最初の二杯分は加瀬と土井の前に置かれた。

「いまつけ汁をお出ししますから」

熱い湯を張っておいた四つの小鉢を空にして、それぞれにタレを入れ、スープを注ぎ込み、具を投入。仕上げにサッと油を垂らすと二種類のつけ汁の完成だ。

「お好みで結構ですが、細麺は塩味のつけ汁で。太麺は醬油味の方でやってください」

一同は二タイプの麺と味わいの異なったつけ汁に一様に驚いた。

「食べる前から、やられました」

と、土井が早くも感激している。

まさに同感である。気持ちが奮い立ってくるのを義昭も強く感じた。

「お先にいただきます」

と、加瀬と土井は皆に断り、二人は細麺、太麺を交互にたぐって、まずはどちらの麺も汁に付けずにそのまま口に運ぶものだから、

「へぇー、最初は麺だけとは……通の食べ方なんだ」

麺そのものの味を確かめるように噛みしめながら味わう二人を見て、教授が感心した面持ちで言った。

「張りのある麺のしっとり感が素晴らしい……全体の旨みが口の中に流れ込んでくる」

麺をつけ汁に落としこみ、啜り込んだ加瀬がつぶやくと、

「親父さん、いいですねぇ。まさに麺が主役といった感じです。麺のみ、いくらでも食えます」

と、土井も称賛するように言った。

二人はつけ汁に浸らせ、無言になって頬張っていた。

つづいて次の二杯分が義昭とトモちゃんのところに置かれた。

義昭は醤油味の方から食べることにした。

麺そのものの艶が素晴らしい。水切りのいいモチモチとした太麺をひとつまみ箸で挟んでそのまま口に含むと、押し返してくる弾力が心地よかった。口当たりは滑らかだが、勢いのある力強い麺だ。地粉の旨みが余すところなく発揮された歯応えのあるしっかりとした麺で、小麦粉の風味が後を追ってくる。冷水でしっかり締め

た結果なのか、手打ち麺の醍醐味《だいごみ》がストレートに攻めてきて、ノックアウトされる気持ちになった。甘みがあり、麺自体の味わいが濃い。

義昭はつけ汁を観察しながらなめるように味見をした。濃厚な茶濁の色をしていて、ややトロミがかっている。豚骨の重量感を感じた。削り節がギッと薫り、熟成された深みのある味に仕上がっている。味そのものは濃いように感じたが、くどさはない。

短冊切りのチャーシューとメンマが入り、焦がし葱が軽く散らされている。驚いたことに底の方に沈んでいるトロ葱はタレで軽く焼かれていた。

（今度は細麺の方だ……）

義昭はもう一方の塩味に挑戦する。細麺の上に薬味としての艶やかな白髪葱。汁には彩りを添えるように万能葱の青々とした部分が浮かべられ、葱本来の持ち味を活かす工夫のほどが窺えた。

（あいかわらず葱が凝っている……）

純和風の魚系のやさしいスープに、鶏ガラと野菜を炊き込んだ別のスープを器の中で合わせた本格的なダブルスープだ。この一体感は拍手ものである。塩味のつけ汁に入った具はスライスしたチャーシュー一枚。ぱさつきのない炙り仕様で、汁に浸ってしっとりしていた。メンマはない。

義昭が半分ほど食べたところで、最後の分が辰ちゃんのところに置かれた。

（うーむ、隙がない……旨すぎる）

義昭は胸の鼓動を抑えきれずに、細麺をつけ汁にくぐらせて口に運んだ。小麦の風味で溢れかえっている麺は汁に負けていなかった。麺が旨みの詰まった汁を持ち上げてくれる。麺にまとわりつくようなつけ汁との絡みは絶妙だ。義昭もまた無言のままワシワシと頬張った。

ストレートの細麺は滑らかでありながら、見た目より意外にコシがあった。つけ汁が並はずれている。透明感のある輝きを放ち、美しい淡い色合いが味の出来具合を物語っているようだった。ベースは魚だ。甘みのあるやさしい薫りが鼻をくすぐる。昆布のダシはわかるが、何の魚を使っているのだろう。

「金目をはじめとする生魚で抽出した汁の自信作です。それを地鶏《じどり》の肉本体とガラを使ってとったダシと合わせています。隠し味に秘密のオイルを垂らしましてね」

と、義昭の疑問にこたえるかのように、店主は低い声で静かに言った。

気になっていた独特の匂いはそのオイルのせいか、と義昭は考えた。

「すると、都合四種類のスープをおつくりになったのですか？」

と、それまで黙っていたトモちゃんが顔を上げて質問した。

店主はニヤニヤ笑っている。

(そういうことになるか……醬油味の方は削り節のダシと豚骨、塩味が鮮魚と地鶏野菜を合わせたスープとは……)

それにしてもコクの深い、ほんのりと甘みを感じるキレのある塩味だ。しなやかな細麺ゆえ、汁のエキスを引っ張る力は控えめながら、麺を嚙みしめていくと、むしろ、この穏やかさがちょうどいい。

「あまりの美味しさにふるえてしまいそう」

トモちゃんが身をよじるようにしてつぶやいた。

「五感のすべてを貫いていくような旨い汁です。麺を猛烈に呼び込みますね。そして、その麺が半端なく素晴らしい。麺との相性の凄みに電流が走りました。傑出した美味しさです!」

加瀬が目を細めて絶賛した。

「塩の塩梅がちょうどいいでしょう?」

と、店主が訊くと、全員がうなずいた。

「あのう、あたしがいままで味わったことのない薫りは、さきほど店主さんのおっしゃった秘密の香味油だと思うのですが、素敵な薫りの正体はなんなのですか？」

と、トモちゃんが感じ入った顔をして店主に訊いた。

「土井さんのお友達だけあって、怖い質問だねぇ」

親父さん、私からも同様のお問い合わせをします。ぜひ詳しく教えてください、
と土井がかしこまって訊いた。

加瀬も顔を上げ、店主の口が開くのを待っているようだった。

「秘密とは言ったけど、なに、市販の白トリュフオイルだよ。価格が高いものだから中華そば向きの調味料には難しいと思うが、使えば魔法のオイルになる。世の中には便利なものがあるんだよ」

「トリュフオイルとは、おそらく業界初だな……」

加瀬が絶句していた。

ブレンドされたダシの複雑さを、すっきりとさせながらもふくらみを持たせて、奥行きのある味に導いているのは白トリュフオイルの効果なのか。

(なるほど、油の魔術師、香味油の達人と呼ばれる所以《ゆえん》か……)

と、義昭は加瀬が言っていた言葉を思い出した。

「日本蕎麦屋のダシを考えればわかることです。鰹からイノシン酸、昆布からグル

タミン酸、干し椎茸《しいたけ》からはグアニル酸。合わせると相乗作用によって旨みの濃度が上昇する。真価を大きく発揮するんだ。トリュフにはこれらの旨み成分が詰まっている。そこでトリュフオイルなんですよ。中華そばのスープには合いますね」

と、大北店主は力説した。

「自分流ですよ。先人の知恵と工夫を受け継いだだけです」

店主が静かに言った。

全員が感心していた。周到な企ての賜物《たまもの》なのだ、と義昭は思いながら残っていた汁を飲み干した。

「どっちも旨すぎます！　ご馳走様でした」

義昭が頭を下げた。まさに味に対しての探究心、向上心が生んだ技ありの一杯、店主の情念が落とし込まれた「つけそば」なのだ、と義昭は素直に思った。

「いかがでしたか。つけ汁本体の旨みを思い切り抱き込める麺でしょう？」

店主の言葉に全員がうなずいた。

大北店主は、義昭に昨夜語ってくれた麺の内容を解説するように話し始めると、店内に驚きの声がひびいた。

「純手打ちの詳細を教えてください」

加瀬が訊いた。

「本当は青竹で打ちたかったんだが、足腰は弱いし、力がないからね。これ鉢を使っての水回し、練り込み、と蕎麦打ちの要領ですよ。いや、うどんづくりに似ているかな」

「……?」

「麺づくりの打ち場は隣です。店は住居兼用の細長い造りでしてね。ボクの寝床はさらに奥の部屋。いつもジャズを聴きながらの足踏み、足打ちなんだ……最後は麺棒でのばすように広げ、整える。麺生地にするまでがたいへんでね。ボクにとって一番労力を使う部分です……さすがに重労働で体力の消耗は激しい。もちろん、室内の温度や湿度は考慮していますよ。とにかく、狙い通りの完成度だと自負しています。麺が看板ですから」

「一筋縄ではいかない、いかにもオヤジらしいよ。しかし、初めて食べたんだが、なかなかいいものだね」

と、教授が感心して言った。

「多くのラーメン店は暑い夏場の売上減をしのぐためにつけそばを採用したんですが、現在は季節を問わずに食べられます。定番化の店が増えましたね」

加瀬が教授に説明している。

「以前は認知度が低かったんです。手間はかかりますが、通年メニューとして業界に定着しています」

土井も同様のことを言った。

「なるほど、夏は熱々の汁麺を敬遠して、私なんか冷やし中華の方にいってしまうからな」

教授が笑った。

辰ちゃんの器が空になった時点で、店主から生ビールが振る舞われた。

「本日はわざわざお越しいただきまして、本当にありがとうございます。まずは喉を潤してください。その後はお好きな酒を何なりとお申しつけください。と言っても面倒だから一升瓶を卓上に出しておきます。勝手にやってください。つまみの方は順次お出し致しますから」

「おっ、オヤジ、気前がいいねぇ」

教授がほがらかに言った。

「いまは、力を出し切った満足感でいっぱいなんです。ボクも後ほどそちらの席でゆっくり飲みますから。煙草も吸って結構ですよ」

めざす方向性で課題をひとつクリアしたかのように、店主の表情は自信に溢れていた。

「ところで、山川さんはこれから栃木までお戻りかな？」

と、店主が訊いた。

「いえ、時間的にきついので栃木には帰りません。明日は日曜日ですから都内の叔母の家に泊まります」

「そう、それは良かった。酒を飲みながら紅一点の美しい方から是非とも栃木の話を聞きたいねぇ」

大皿に盛られた炙りチャーシューとメンマが出てきた。肉の旨みがしっかり出ている厚めのチャーシューを頬張りながら、全員がビールを楽しんだ。

酒宴は遅くまでつづけられた。

6

半年が過ぎた。

梅雨の季節は終わり、七月になった。早くも炎暑の夏が訪れている。

青木義昭は、エアコン完備の営業車を使っているとはいえ、外回りのつらい毎日にうんざりしながら仕事に就いていた。無気力の影がたえずつきまとって業務に身は入らず、行動力が輪をかけて希薄だったことから売上は従来通り不振のままだった。

しかし、ラーメンは別である。ラーメン好きに夏は関係ない。気温が下がらずとも加瀬から教えてもらったラーメン専門店の旨い一杯を食べに出かけた。勤務中の昼食に一杯、毎日ではないが夕食にも一杯をめざす食習慣になっていた。

義昭は現在手に入る限りのラーメンガイド本を書店で取り寄せ、通勤途中に読みふけった。勤務終了後、ピックアップした主要老舗店への訪問を至上命題に掲げ、連日食べ歩きをつづけた。心を沸き立たせる旨い一杯を求めて足を運び、極上の一杯に遭遇すると幸せな気分になれた。楽しくてしょうがないのである。

結果、義昭はこの半年間に三百杯以上のラーメンを腹に入れた。完全にラーメンの世界にのめり込んでいた。

路地裏の『おおきた』にも金曜日には必ず顔を出し、中央席に陣取って静かに飲んでいる教授の隣に座り、深夜まで一緒に盃を重ねた。

お前もいっぱしのラヲタになってしまったな、とは加瀬の言葉。ラヲタとはラーメンフリーク仲間の間で飛び交う独特の用語で、ラーメンオタクを指す。

「加瀬先輩とは違います」

「いや、筋金入りのラーメン野郎になる予感がする。勉強のために有名店主の自伝やラーメンの歴史・経済本まで購入して、頭の中に吸収しようとする好き者はそんなにいやしない。真性ラヲタと呼ばれる日も近いよ」

その加瀬は四月、定例の人事異動で福岡支社勤務を命じられた。意気込むようにして現地に単身赴任するや、案の定、ラーメン三昧の生活を送っていると聞く。営業外勤を利用して周辺地区の本格豚骨ラーメンをひたすら食いまくっている毎日なのだろう。義昭の携帯に主だった店のレビューをメールで頻繁に入れ、煽ってくるのはしょっちゅうだった。

義昭もまた、加瀬と同様の食べ歩きに精を出していた。

一杯の誘惑に駆られて、何故にそうまでして食べ歩くのか、と問われれば、どうしようもなく大好きになってしまったラーメンを無性に欲するからにほかならない。世間には味わったことのない旨いラーメンがもっと沢山あるはずで、未食のそれらをどこまでも追い求めてやっつけてやるんだ、とこたえるしかなかった。

週末ともなれば、土日を利用して一人ラーメン行脚の旅に出る。最新のガイド本を小脇に抱え、電車を乗り継いで話題になっている近郊の店に足を運び、多い時は日に四軒四杯を食べてくる。

さらに月に一度の割で独身の気楽さをフルに活用しながら一泊二日の強行日程を組み、かなり離れた地方の町にもラーメン食い倒れの遠征に出かけていた。

一杯の単価も積み重ねればかなりの金額に膨らむ。店までの交通費も意外にかかる。義昭は給料の大半をラーメンに注ぎ込んでいた。

（ラーメンに心を奪われて何が悪い……）

物好きだと言われようが、極上のラーメンにめぐり遇《あ》えた時の感動は食べた人だけにわかる共通の喜びだと思っている。

度を少し超えた、ただのラーメン好き、と義昭は自らの食べ歩きを軽く顧みていたが、どうやら同僚の目には違ったものに映っているらしい。もっとも、お決まりのように昼と夕の二食ともラーメンのみを食事にしていれば無理もなかった。

「あいつは加瀬に感化されて片足を入れたどころか、両足すべてがドツボにハマってしまったんだよ」

売上高が思わしくない結果のせいか、悪評はすぐに浸透する。課内でも義昭のラーメン道楽に薄々気づいた女子社員がいて、このところ噂《うわさ》に上っていた。

義昭の机の下には大きな紙袋が置いてある。義昭が外勤に出ていたある日の昼休み、誤って小銭をバラ撒《ま》いた若手の女子社員が硬貨の行方を追って義昭の机の下にもぐり込んだ時、袋の中に溢れんばかりに詰め込まれたラーメンガイド本を見つけてしまった。女子社員の流すお喋りはあっという間に社内に伝わった。

義昭はもともと寡黙な性格だったことから何かと誤解されやすかった。三十八歳の独身の義昭に、異分子を見るような偏見の目を向ける女子社員も中にはいた。

見下される原因は新規開拓の営業実績だろう。副課長の立場にありながら売上高はいつも下位の方をうろついて課の足を引っ張っていたため、無用な存在のように軽んじられ、陰で余計もの呼ばわりされていたからだ。

（ふん、成績順位をつければ誰かがドン尻になってしまうんだ。やむを得ないことさ）

と、居直った態度や、後ろ向きの姿勢も信用されていない理由にあった。

今回もあることないこといい加減な噂に尾ひれが付いて、ラーメン食べ歩きに没頭する能無し社員のレッテルを貼られた。

そんな頃である。勤務時間内に義昭がテレビに映ったことが周囲の知るところとなった。行列ラーメン店の特集番組で、得意先に近かった地域内にその店があり、スーツ姿で並んでいた光景を撮られてしまった。超有名な繁盛店として一般にも広く知られ、最低でも一時間待ちは当たり前だったことから放映された翌日、たまたまテレビを観た所属長と人事役員に呼び出され、

「馬鹿野郎！　ろくに数字もこなせない癖にラーメン一杯に無駄な時間を使いやがって。単なる昼メシとか、営業特権だなんて言い訳するなよ！」

と、激しく怒鳴られたのだった。

「俺も一度はあの店で食べてみたいけれど、一時間以上も並ぶなんて暇はどこをどう探したってないからなあ……」

同僚たちに思いきり陰口を叩かれ、嫌味を言われてしまった。

以来、義昭は「ラーメンバカ」、「ラーメンマニアの青木」とか「オタクの青木」と呼ばれるようになった。偏執的ともいえるラーメン食べ歩きに明け暮れているのだから仕方あるまい、と義昭は言い訳をしなかった。周囲からそう呼ばれるたびに、

（ふん、俺を元気づけてくれるのがラーメンなんだ……糧なんだよ）

と、平静を装いつつ、日々の業務に就いていた。だが、依然として外回りの営業に気合いは入らず、仕事に嫌気がさすのはいつものことだった。

この顚末《てんまつ》が福岡の加瀬吾郎にも伝わったのか、

「ラーメン好きの話題が聞こえてくるのは嬉しいことだが、オレのせいにしないでくれよ」

と、師匠でもある加瀬から呆れたように電話口で言われた。

「青木、そろそろ身を固めな。ラヲタには何故か独身者が多いからな。所帯を持てば周りの目も変わる。お前さんは四十前とはいえ、れっきとした中年のオッサンなんだからな」

「食いたいという衝動に駆られっ放しなんです。旨い店って、けっこうありますね」

「おいおい、オレより多少若いからって無茶食いなんかしていないだろうな。どうやら本格的に過熱してしまったようだな」

「師匠にはまだまだ及びませんよ」

受話器から加瀬の意味不明な舌打ちが聞こえた。義昭が近隣の街のラーメンを食べ歩いていることを聞きつけたのだろう。

「ところで、オレを煽る店は出てきたかい？」

「そうですねぇ、最近の有力候補店のひとつはJR京浜東北線の東十条駅前にある『燦燦斗《さんさんと》』という店です。ここは定期的に通っていて目が離せません」

「ああ、あの店か。異動の直前に食ってきたが、ラーメンもつけめんも噂通りに旨かったな」

「あいかわらずフットワーク軽いですねぇ。でも、レギュラーになった煮干し塩中華は食べていないでしょう」

「ほう」

「まあ、この店は訪問すれば必ず油そばをつまみに生ビールです。油そばの概念が一変しました。これまでになかった新味の油タレですね。剛速球ど真ん中のストライク！　激賞もんです。ああいう味も『燦燦斗』はつくり出せるんですねぇ！　食材のすべての旨みがとけ込んだ衝撃的な味わいでした。言葉では言い尽くせません。ご存じのように自家製麺やチャーシューは白眉ですし、終始飽きを感じさせない不世出の出来です」

「大絶賛するじゃないか」

「はい。あ、御免なさい、いま客から電話が入りまして」

「おう。じゃあ、またな。ちゃんと仕事しろよ。ラーメンと同じように仕事ひと筋に打ち込む姿勢を見せてやれ」

そこで通話は切れた。

義昭は表情を改め、得意先からの電話をとった。

おしぼり業界も人手は足りていない。特に配送部隊の人員定着率が低く、義昭は時おり欠員カバーのために臨時の支店勤務を命じられることがあった。営業成績が芳しくないお荷物社員だから引っ張り出されるのはやむを得ないと半ば諦めていた。暑い夏盛りである。気温の高い表に出ると、空気はむっと湿っていて汗が引かなかった。

この日もピンチヒッターで多摩支店のルートカーの助手に駆り出された。おしぼりはかさばると意外に重く、ルート配送は体力を必要とする重労働である。三十八歳にもなって今さら、という思いはあったが、業績低迷の身に反論はできない。むしろ、気の乗らない営業よりも精神的に楽だった。

配送員用のユニフォームに着替えて車両に乗り込むと、

「俺についているバイトがプライベートで事故ってね。今日は特に大口納品や時間指定の顧客がいくつもあるので助けてもらうんだが、あんた、本社の副課長さんなんだって？　慣れない仕事で申し訳ないね。かわりと言っちゃあ何だが、とびきり旨いラーメンをご馳走してやっから。あんたのこと支店のマネージャーから聞いているよ。ラーメンマニアなんだってな」

と、年配の運転手に言われて、義昭は頭を掻いた。

夏の強烈な陽《ひ》は歩道を白く照らしている。荷台から下ろした商品を台車に積み、炎天下の日向《ひなた》を歩いて配達するのは辛《つら》かったが、何事も我慢と割り切って得意先に運んだ。

午前中の仕事を終わらせると、

「さあ、メシにしよう」

運転手は客先の近くのコインパーキングに車を停《と》めた。

二人して遅めの昼食に向かった店は吉祥寺の『ホープ軒本舗』だった。昨年、加瀬に教えられた店と記憶していたが、未《いま》だに食べていない一軒のうちの一つである。

商店街の細い路地の一角に長い行列ができていた。

「なーに、回転がいいからすぐ中に入れるって」

運転手は平然と言いながら列の後ろについた。

「並ぶことはまったく苦になりませんから」

行列にはすでに慣れっこになった義昭である。

厨房の換気口を伝わって外に運ばれてくるスープのいい匂いが食欲を掻き立てる。

逸《はや》る気持ちを抑えようとしても、食い意地の張った腹の虫は辛抱しきれずに泣き喚《わめ》いていた。ランチの時間帯はとうに過ぎていたが、繁盛ぶりから察して旨い一杯が出てくるであろうことを義昭は直感した。

順番が回ってきて店内に入ると、運転手はチャーシューメンとモヤシ増量のボタンを押した。食券制だ。義昭が財布を取り出そうとするのを運転手に押しとどめられた。

しばらくして、湯気を立ち昇らせて出てきた丼の表情を眺めると、スープの上に膜を張るようにして多量の脂分が浮かんでいる。

「ここのはコッテリしていて、うめぇぞー。さあ、エネルギーの補給だ」

「いただきます」

白濁のスープは淡い褐色を帯びている。ひと口啜ると、口の中に豚骨スープのコクがひろがった。脂の甘みだ。癖は多少あるものの、クリーミーで旨い。九州白濁豚骨ラーメンとは全く別物だ。空《す》きっ腹にボディ感のあるスープは胃袋をズシンと直撃した。少し縮れた麺の感触が気に入った。濃厚のように見えても、しつこさはなく、むしろ、力強い硬派の躍動感に溢れていた。

「その特製唐辛子を少し入れると味が引き締まるぞ」

と、運転手が言うので、試しにスープに溶かすと辛みの刺激は意外に合致し、より個性が増した。店オリジナルの「唐華」という香辛料でドライタイプの豆板醤《トウバンジャン》だ。

この系統の味は千駄ヶ谷で食べたことがあった。実は吉祥寺の店こそ、東京ギトギト豚骨醤油ラーメンの創始者が立ち上げた元祖、発祥店とラーメンガイド本に書いてある。

（俺の好みはこっちの店の方だな）

義昭は頭の中でうなずき、

「好き嫌いに理由はない。好きだから食う。旨いから足を運ぶんだ」

と、加瀬の言葉を思い出した。

その夜、会社からの帰りに大きく迂回して再び立ち寄り、今度はレギュラーである基本の中華そばを食べた。昼は仕事中のため頼まなかったトッピングの磨りおろしのニンニクを溶かすと全体の旨みがより強く迫ってきた。

（小さじ一杯のニンニク添加はスープを劇的にパワーアップさせる……）

背脂のまろやかさと野性的な逞《たくま》しさが共存した独特の味わいに、何だか病みつきになりそうな気がした。あらためて、豚骨の持つコク深い風味に義昭はパイオニア的存在店の実力を垣間見た。

来てよかった、と義昭はつくづく思った。

一杯のラーメンを腹に収める金額以上に交通費をかけ、めざす店に向かうという、傍《はた》からみれば一見愚かな行為に映るかもしれない。だが旨い店の一杯の誘惑に引っ張られ、片道一時間以上の距離を押してまで訪れることはたまらなく楽しかった。

食い意地の張った義昭にとって、未知の味のラーメンはその存在を知った以上、やっつけなければならない食の宿題のようなものになっていたし、無駄な出費とは思わなかった。

いつしか、義昭にとってのラーメンは空腹を満たす食事というより、なくてはならない生活の糧、生きていく原動力、大北店主の言葉ではないが、人生の活力源になっていた。

こういうラーメン情報を時おり『おおきた』で鉢合わせする辰ちゃんに話すと、辰ちゃんは目を輝かせて真剣に聞いてくれた。

翌日の夜、勤務終了後に『おおきた』へ出向くと、先に来ていた辰ちゃんと目が合った。

「あれ、今日仕事は?」

「先日、店を辞めたんです。アパートも借りました。実は青木さんにお願いがありまして、お待ちしていました」

いつものように折り目正しい話し方をする。教授はまだ来ていなかった。

「私が今夜ここに来るって……」

「おやっさんから週末の金曜日は必ず顔を出すと聞いていました」

辰ちゃんが笑顔でこたえた。

「いらっしゃい」

と、奥から大北店主が出てきて目の前にお通しを置いた。

焼き茄子《なす》に胡麻《ごま》味噌をかけた一品の横に、炊き込んだ椎茸をスライスしたものが添えられてある。

「青木さん、面倒だけど、辰ちゃんの頼みをきいてやってよ。これ、少ないけれどボクからの依頼料のつもりだから」

大北店主は言いながら、洒落た器のぐい呑《の》みと、冷蔵庫から四合瓶を取り出してカウンターに置いた。ラベルをひと目見て、義昭は気持ちが震えた。福井県のプレミアム銘酒、黒龍の純米大吟醸「石田屋」だった。相談に乗ってあげてよ、と告げるように大北店主は大きくうなずいた。

「…………？」

「今、この会社に在籍しています」

辰ちゃんから差し出された名刺を見ると、最近爆発的に店舗を拡張している大衆居酒屋チェーン『居酒屋　カラサワ』の名があった。業界ではつとに有名な「唐沢コーポレーション」の経営だ。義昭も仕事柄知っていた。社名の下に商品企画開発室とある。

「全国展開している外食の大手じゃない。凄いところに入社したんだね。あれ？　カラサワって、辰ちゃんと同じ名字だ……」

「実は僕の叔父が勤めていまして。近々、会社でラーメン専門店を出店する予定なんです。その店で僕が管理監督全般を兼ねて店長を任せられることになりまして……ただ、なにぶん急なことなんで……」

少し躊躇いながら口を開いた辰ちゃんの表情には自信がみなぎっていた。

「居酒屋の大手チェーンがラーメン界にも進出するのか。そうか、いよいよ辰ちゃんが個人的に望んでいた方向に向かうんだ」

「はい。それで、青木さんに味のアドバイザーになっていただきたいのです」

「はあ？」

「青木さんはいろいろ食べ歩いているでしょう」

「否定はしないけど、つくる側には回れないよ」

義昭はダメダメという身振りをした。

「僕のつくったラーメンを試食していただいて、意見をもらいたいんです」

「食べるだけなら了解だが、しかし、本来こういうことの適任は私の先輩の加瀬なんだろうけど、いま福岡勤務だしなあ……」

「いえ、純粋に『おおきた』の味が大好きな青木さんにお願いしたいんです」

「ははあ、辰ちゃんの好みと似ているからか、なるほどねぇ」

義昭は納得した。

「はい。おやっさんの味には僕なりの思い入れとこだわりがあります。その気持ちは青木さんも同じだと思います」

「お互い、けっこう足繁く通っているもんな。わかった。いくらでも食べさせてもらうよ。楽しみにしている。ただ、私に出来るのは、食べて感想を述べることだけだよ」

「ありがとうございます。あの、こんなことを言うのもなんですが、青木さんの会社のコレ、何とか切り替えてもらえるよう働きかけてみます」

辰ちゃんは『おおきた』でも使ってもらっている義昭が勤務している会社のおしぼりを手に取って言った。春先に入って大北店主の方から言い出してきて、義昭の会社のものに替わっていた。

「このおしぼりを？」

「ええ」

「辰ちゃんにそう言ってもらえるのは嬉しいんだが、簡単に物事は運ばないよ。企業には企業の都合というか、既存の関係先との間に色々なシガラミが沢山あるからなあ。まあ、難しいとは思うが、ダメ元でプッシュしてみてよ」

「大丈夫です。叔父はキーマンですから」

心強い言葉だった。叔父は楽観はしていないが、こういう繋がりも『おおきた』の縁なんだな、と義昭は思った。

「それで店のオープンは、いつ？」

「二ヶ月後をめざしています」

「九月半ば頃か。まだ暑さが残っている時期だよね」

「青木さん、内緒にしてもらいたいのですが、秋口からタイアップするカップメンの販売を睨《にら》んでのことです。新店はテレビに採り上げてもらえるよう画策中と叔父が言っていました」

「大ごとだ。時間がないね。場所は決まっているの？」

「恵比寿です」

「激戦区じゃない！」

義昭が目を見張るように言うと、辰ちゃんはうなずいて、

「それでご足労なんですが、まずはおしぼりの営業を兼ねて叔父に会っていただき、試食の段取りとかの打合せをお願いしたいんです。ご一緒したいんですが、来週は別用が入っていまして」

と、神妙な顔をして頭を下げるのだった。

「了解した。週明け一番で電話する。約束するよ」

「お手数ですが、よろしくお願いします」

辰ちゃんは席から立ち上がって深々と頭を下げた。

そこへ教授が入ってきた。

7

朝から気温と湿度が高かった。暑い一日がまたはじまろうとしていた。

定例ミーティング終了後、青木義昭は辰ちゃんから教えてもらった唐沢コーポレーションの事務所にアポ取りの電話を入れた。先方の都合で、出来れば今日の午前中に来てくれると実に有難いのだが、と言われるままに出向いたのだった。

初めて訪れる企業は道路事情がわからなかったし、約束時間に遅れないためにも義昭は営業車の使用を控えた。

強い直射日光が路面に降りそそいでいる。少し歩いただけで額や首筋に汗が浮かんできた。義昭は刺すような厳しい日差しに目を細めながら、上着と鞄《かばん》を手に持ち先方の会社に向かった。

唐沢コーポレーションの本社はJR渋谷駅前から少し坂を上ったビル街の中心部にあった。建物の本体は小さいものの自社の持ちビルらしく、隣の敷地の壁面に「唐沢不動産管理」とあり、掲げられた案内標示板に新社屋建設予定の文字が見えた。

（波に乗っている会社なんだな）

と、義昭は思いながらネクタイの結び目を手で確認し、腕にかけていた上着を身に着けた。玄関内に入ると、エアコンが思ったより効いていたのでホッとした。いくつもの仕切り戸で区切られた応接フロアの隅の方で待たされたが、やがて恰幅のいい男性が義昭の名刺を手にして現れた。

「お待たせいたしました。急ぎの電話が入ってしまいましたもので……」

と、軽く頭を下げ、

「甥《おい》の辰男がたいへんお世話になっております。企画責任の唐沢です。連日詰まっておりまして、今日は急で本当に申し訳ありません」

と、恐縮しながら名乗った。

唐沢はノーネクタイのワイシャツの上から社名の入った青い薄手のジャンパーを羽織っていた。ラフな格好だが、意外にこういう年配者に切れ者が多いことを義昭は経験で知っていた。差し出された名刺には営業企画本部とあり、取締役常務と刷られていた。辰ちゃんは何も話してくれなかったが、役職は重役だった。

「初めまして、青木と申します」

義昭は挨拶をしながら、

「実は根っからのラーメン好きでして」

と、切り出した。本筋の商談の前に軽く周辺のラーメン店の話からはじめると意外に打ち解けが早い。相手の反応しだいだが、時間があれば本筋に進む取っ掛かりになる。経験上、食い物の話題を嫌う飲食業の人は皆無といえる。義昭の話にほんの少しでも関心を示す気配があれば、先方からコミュニケーションを図ってくれるようなもので使わない手はない。

「辰男からお噂をお聞きしています」

常務の唐沢は笑顔を見せながら言った。髪は薄く、白いものがまじっている。正面から見ると、五十代後半の人かと思われる。引き締まった異国的な顔立ちで、どことなく辰ちゃんの面影を感じさせるものがあった。

義昭の勤務する会社はレンタルおしぼりだけでなく、厨房用雑貨の営業販売や店舗クリーニング業務、そのメンテナンス等幅広く取り扱っている。先方は取りあえず新規の得意先になる可能性を持った企業なのだ。

（何か一つでも採用されれば……）

だが、チェーン展開している『居酒屋　カラサワ』に入り込むのはそう容易くはないだろう。それでも開拓営業の基本精神は当たって砕けろ、にある。日頃、営業活動がおろそかな義昭でさえ、気合いが入る。

(とにかく、今日は単なる飛び込みではない……)

しかし、僅かばかりのツテを頼りに訪問しても、決着をつけるのは最終的に信用と商品力である。セールスポイントであるサービス全般の特徴を顧客に一回り大きく見せながら、商品自体の持つ魅力を信じ込ませ、取引内容に幻想を与えるのが営業マンの務めだった。

営業実績の芳しくない義昭は、向上心の欠如を少しは自覚していた。下降ぎみの売上を挽回《ばんかい》するために、相手を自分のペースに引き込む差別化の材料として、このところラーメンの食べ歩きの話題を採り上げていた。

「ラーメン好きの青木です」

と、印象をより強く残せるようにあらためて自己紹介をしてから話を切り出すと、商談がまとまる機会が以前より僅かだが増えたのだ。

世の中にラーメンが苦手な人は多少いるだろう。しかし、今日の面談者との話の中心は、ずばりラーメンそのものだった。

「ラーメンにお詳しいようですねぇ。けっこう食べに行かれていると辰男が話していました」

唐沢常務は静かな口調で言った。

義昭はこの半年で首都圏の実力店をはじめ、ガイドブックに登場した主要ラーメン店をあらかた食べ尽くしていたので、食べ歩きに明け暮れている日頃の生活実態を話してみることにした。

その日だけしか味わえない限定ラーメンを目的に、往復約五千円もの交通費をかけて、宇都宮まで足を延ばした先々週末の経緯を伝えると、

「ほう、それはそれは。私も好きな方ですが、電車を乗り継いでまで食べに行くことはしませんねぇ」

普通の人はそうである。ラーメン一杯のために半日を費やす人はまずいない。また、一週間に一杯を食べる人は案外いるようでいて意外に少ないものだ。それを毎日昼夜ともラーメンを食べあさるように向かう好き者はマニアと呼ばれてもしかたがない。

「いやいや、驚きですな」

「私なんかまだまだ少ない方です。年に千杯以上を平らげるツワモノは、ラーメン愛好家の中にはゴロゴロいます」

「千杯！」

唐沢常務が圧倒された表情になった。

ノルマを一日三杯と課さねば達成不可能な、普通の人の食生活では考えられない杯数である。義昭の先輩の加瀬は昨年八百杯を上回ったと聞く。義昭も現在のペースで食べ続けていくと、六百杯を超えてしまう勘定になる。

「ラーメンにどっぷり浸かっている毎日ですな。それにしても恐ろしい数字だ。ラーメンばかりで飽きません？」

「お腹《なか》が空くと、からだがラーメンを食べたい、どうしても食べたい！　って欲求が湧き上がりますから」

ラーメンに対する執着心に満ち溢れているだけだ。

「あっははは。ほんとうですか」

常務は豪快に笑った。

「青木さんは行列にも並ぶんでしょうねぇ」

「ええ。目的のラーメン屋がある最寄り駅の改札を出ますと、そっちの方向に行く人がみんな、その店をめざしているようで気が気じゃありませんね」

「あっははは。そんなものですか。ところで青木さん、この近辺にどこかお薦めの店なんてあります？」

と、訊いてきた。

どうやら唐沢常務はこの手の話が好きなようだ。

「この界隈ですか。そうですねぇ、御社から一番近いところにあります『らーめんG』はご存じですか？」

「私どもの社の近くに、ですか？……」

「えっ、知りません？」

常務はうなずいた。

義昭は自分で言ってから、商談の後の今日の昼メシは久しぶりにその店にでも行ってみるか、と素早く算段した。

「もっとも、ラーメンと書かれた派手なのぼり旗はありませんし、壁一面を真っ黒にした外観だけですから、その店がラーメン屋だなんて一般の人はわからないでしょうね。表ドアの斜め上方に玩具《おもちゃ》のような手づくりの豚の頭がぶら下がっていれば、それが営業中のサインなんです」

「それは面白そうですな。もしかして、部下が話していたあの店かな。この一帯の路地裏は結構ほっつき歩いているつもりでしたが、飲み屋はともかく、まったく知りませんでした。どうですか青木さん、よろしければこれから連れて行ってくださいませんか」

常務は腕時計を見ながら、義昭の予定もきかずに立ち上がった。金曜日の辰ちゃんの話から推測して今日一日のスケジュールは取りあえず空けてある。まだ肝心のラーメンの試食の件をはじめとして、義昭側の営業の話は何ひとつしていない。

成り行きはともかく、先方の偉いさんとのいきなりの食事は大きなチャンスといえる。ひょっとしたら、ラーメン一杯で商談が明るい方向に展開するかもしれない。そんな漠然とした淡い期待を義昭は自分の都合のいいように抱いた。

時間は十一時になろうとしている。今日は『らーめんG』の定休日ではなかった。常務の口に合うかは窺い知れなかったが、ともかく案内をするために義昭も席を立った。

表に出ると、降り注ぐ日差しは厳しさを増していた。照り返しの強いアスファルト上を歩くと、まるで灼熱《しゃくねつ》地獄の中にいるようだった。大粒の汗が噴き出してくる。唐沢常務がジャンパーを脱いで肩にかけたので、義昭も上着を脱いだ。

大きなマンションを右に見ながら歩いて行くと、斜め左方向に古めいた木造の医院があり、その手前を左に折れたところに『らーめんG』がある。

看板のないラーメン店としてテレビや雑誌に頻繁に採り上げられ、一部のラーメン好きにマニアックな話題を提供している。屋台出身の本家から暖簾分けされた弟子の店が都心のほうぼうにあり、渋谷の『らーめんG』もその流れを汲む店だった。

「スープがしょっぱいのが『らーめんG』の特徴なんです」

「ほう……」

「しかし、ここの店はお願いをすれば塩分濃度を加減してもらうことが可能です。唐沢常務にはその方がいいかもしれません」

「いや、それはやめておきましょう。まずは出されたものを、そのままいただくことにします」

塩気の多いのが最初からわかっていながら、あえてその店の基本を味わってみると言う。さすがは外食企業の重職に籍をおく人の言葉だ、と義昭は感心した。

義昭は店に着くと、券売機で塩味のあっさりタイプ、味玉付きの食券を二枚購入した。あっさりを選んだのは年嵩《としかさ》の常務に対してせめてもの気配りである。

果たして、出された丼に入った熱々のスープをひと口啜ると、やはり塩辛さが口の中を支配した。これが『らーめんG』ならではの特有の味わいなのだが、何故にここまでしょっぱくするのかわからなかった。だから『らーめんG』なんですよ、と熱烈に支持するファンから言われそうだが、もう少し塩気を抑えてくれれば万人に抵抗なく受け入れられるだろうに、と義昭はため息をついた。

スープは丼の底が見えるほどに澄んでいる。ややウェーブのかかった麺はしなやかさを保っていながら思いのほか張りがあり、歯応えがちょうどいい。大きなチャーシューが左右に一枚ずつ、真ん中にメンマと刻み葱。そして海苔が一枚。トロけそうなチャーシューはホロリと崩れるほど柔らかいがスープに影響を与えることはなく、しっかりとした肉の食感が最後まで味わえる。メンマと味玉は思ったより薄味で、塩辛いスープに妙に合う。

「ダシ本来の旨みを引き立たせる技は、トータルバランスの点で言えば合格点でしょうね。しかし、もう少し塩分を控えることをなぜしないのか。全体のやわらかさ、味に丸みを出すのも大切なことだと思うんですよ。店の特徴と言ってしまえば、それまでなんですが……」

と、表に出たところで義昭が率直な感想を述べはじめると、常務は真剣な眼差しになって耳を傾けてくれた。

「塩分の刺激が過剰でなければ、とてつもない品とキレを全面に出し、丁寧にまとめ上げた個性ある優れものの一杯だと評価できます。麺は上質ですし、食材の旨みをすべて網羅したスープとの絡みも文句ありません」

義昭は一呼吸入れて、

「しかし、屋台系の味を踏襲しながら価格面での値頃感が希薄です。今ひとつズレを感じるというか、場所柄、家賃のこともあるのでしょうが、提供価格に関しては営業努力を促したいですね。個人的な感想で恐縮ですが、心まで刺してくるには至っていません」

　常務は大きくうなずいた。

「青木さん、そういった意見をきちんと表現できる社外の方を探していたんですよ。辰男の言った通りの人だ。青木さん、ところで午後のご予定は？」

「フリーにしてあります」

「私どもの社に戻りましょう」

　常務専用室に連れて行かれた。

「青木さん、オフレコでお願いしますよ。私どもがチェーン展開している居酒屋のメニューに、最近のラーメンブームを当て込んで締めとしてのラーメンを取り入れる計画があるんです。店の資質、全体像を考え、コストのこともありますが可能な限り廉価バージョンにして、もちろん旨くてオンリーワンのものを提供したい。ゆくゆくは次のチェーン展開にラーメン専門店の採用を考えています。その前に手はじめとして、辰男を中心にアンテナショップ的なラーメン屋を出店する段取りです。

この件に関しては決定事項です」

常務はそこまで喋ると煙草を一本取り出したが、口にくわえたまま火は点けなかった。煙草を灰皿に置き、

「私どもでもいろいろな自社製造の新麺を開発中でしてね。ただ、麺に合ったスープのつくりが遅れているんです。ラーメンファンを納得させる味が定まらないというか、いまひとつ輪郭が不透明でしてね。そこで……」

試行錯誤をしている最中に、タイミングよくラーメン好きの義昭のことを辰ちゃんから聞いたのだという。

「酒類業界のツテを頼って、提供する側のプロの意見を参考に吟味した経緯もあります。私どもの商品企画開発室の連中も立派な実力を持った集団なんだが、居酒屋のノウハウは持っていても、ラーメンスープはこれだ、という押しに欠ける中途半端な味しかつくり出せなくてねぇ……辰男がつくったものも旨いことは旨いんだが……」

常務から頼まれたのはスープの方向性の示唆だった。開発に携わっている決定権を持つ担当者を一人つけるという。

「青木さん、旨いラーメンを食べる立場のあなたから、旨い一杯をつくり出そうとしている辰男のために助言をお願いします」

常務は真剣な眼差しを義昭に向けて言った。

「ギャランティーと言ってはなんですが、辰男から強く言われている御社のおしぼりの件もありますし……青木さんの時間を融通してもらえませんか」

これは願ってもない依頼だった。ラーメン道楽の日常が仕事に結びつくチャンスを逃す手はない。義昭は一旦席を外す旨の断りを唐沢常務に伝え、部屋の外の廊下に出ると、その場から携帯で所属長に途中経過を報告した。

向上心のない、信頼に薄い義昭の言葉をどこまで受け取ったのかわからなかったが、唐沢コーポレーションの企業名を出したことが少なからず功を奏したようだ。

「よし、わかった。常務とやらの重職の人と面談したなら可能性があるかもしれん。今月の課の実績がお前如何で左右するなら、しばらく自由に動いてもかまわん。もちろん、既存店のフォローをしながらだが」

頼もしい言葉が返ってきた。

課のこの数ヶ月間の新規実績は過去最悪のものだった。上層部からの叱咤《しった》に躍起になっている所属長にしてみれば、たとえスポットでもいいから喉から手が出るほど欲しいのが当面の明るい数字である。

携帯電話さえあれば通常の業務に支障をきたすことはなかった。ついでに面倒な営業日報を作成したくなかった義昭はダメ元で、この期間だけ日誌提出の免除を頼み込むと、所属長は二つ返事でOKを出してくれた。

部屋に戻ってから常務に伝えると、

「それはよかった。青木さんの肩身が狭くならないよう早速御社におしぼりの発注をしましょう。そのかわり、しばらくの間、青木さんを拘束しますよ」

常務の言葉は歯切れのいいものだった。義昭は思わず安堵《あんど》した。

「それはかまいませんが、本当に私なんかでお役に立つのですか？」

「あははは。青木さんみたいなプロではないけれど豊富なラーメン食べ歩きの経験を持つ食べ手側の人を探していたんです。提供される側の、しかもマニアの人をね。辰男は青木さんの味覚を信じている。是非ともお力をお借りしたい」

常務はその場で購買部長を呼びつけ、

「大事なお客さんだからな」

と、釘を刺すように言って義昭に引き合わせてくれた。

唐沢常務はあらかじめ発注の件を通していたらしく、

「今後は青木さんのところに切り替える」

と、有無を言わせぬ口調で部長に指示すると、その購買部長はかしこまりました

と頭を下げ、義昭の方に向き直って、

「青木さん、これをご覧ください。私どもの首都圏全店では、現在この価格で業者さんから納入させていただいております。御社が価格を合わせていただけるのでしたなら速やかに発注手配いたします」

と、真剣な口調で説明しながら義昭に同業他社の請求書のコピーを手渡した。

義昭は書類に目を通した。かなりの低価格だったが破格すぎるという納価ではなかった。

「ありがとうございます。とりあえず弊社の稟議《りんぎ》事項になりますが、大丈夫です」

と、少し考えてから返事をした。

納入数量からいって所属長は間違いなく判を押すだろうし、稟議は楽勝で通ると判断出来たからだ。

「それでは部長、御社への私どもの納入段取りが整いしだい、ご連絡を申し上げます。たいへんありがとうございます」

と、義昭は立ち上がって丁寧に感謝の言葉を述べた。

「各店の現時点での在庫消化、調整のこともありますから、なるべく早めにということでお待ちしています」

購買部長はそう言いながら、納入すべき居酒屋チェーン全店の住所、電話番号と店長の携帯ナンバーが書かれた一覧表を手渡してくれた。すでに本決まりだったらしい。辰ちゃんの働きかけが大きく左右したのだろう。

明るい未来が開けたような気がした。

会社に戻ったら忙しくなりそうだ。まずは各店を管轄する支店マネージャークラスに挨拶に出向いてもらうことからだな、と義昭は頭の中で手順を考えた。

購買部長が部屋を出ていくと、唐沢常務は、

「それでは青木さん、私どもの工房にご案内しますから、もう二時間ほど付き合ってください。別件で出かけていた辰男もやってくるはずです」

と、にこやかに言った。

商談は信じられないくらいスムーズにまとまった。サンプルを出さずに話がついたのは初めてのことだった。常務を動かした辰ちゃんには感謝してもしきれないくらい頭が下がる思いになった。

各店の納入個数の控えをもらったが、さすがは人気上昇中のチェーン店だけあって、驚くことに当初見込んでいた数字の倍以上あり、義昭の月間予算の十倍に匹敵するものだった。

（なんと、九回の裏、逆転サヨナラ満塁ホームランだぞ！　しばらくは公私ともにラーメン一直線の生活が送れるな）

と、義昭は表情には出さずにほくそ笑んだ。

今月こそは予算必達の合言葉のもとに、課一丸となって駈《か》けずり回っていた矢先、もらい物の新規のようなとんでもない数字が向こうから転がり込んできた。年初からのマイナス分を差し引いても間違いなくお釣りがくる。ラーメンの効験だとしたら、こんなありがたいことはない。打ち切られる同業他社には気の毒だが、義昭は喜びを嚙みしめながら心の中でガッツポーズをとった。

8

唐沢常務の部下が運転する車両に常務と共に乗り、研究室を兼ねた工場施設に案内された。

常務はジャンパーから上着に着替え、きちんとネクタイを結んでいた。

「このあたりが川崎市宮前区にある初山という地区です」

常務が前方に目をやりながら言った。

渋谷からだとけっこう距離がある。日差しの一番強い時間帯に入ったのか、フロントガラスにまぶしい光が刺すように注いでいる。

「私どもは加工食品にも手を染めていまして、別の工場でつまみ用の缶詰を数種類製造、コンビニで販売しています。辰男から聞いているとと思いますが、企画開発中のものはメーカーと提携して同時期にラーメン店の冠を付けたカップメンの販売を目論《もくろ》んでいます」

と、車の中で手短な説明を受けた。

表通りから一本脇道に入り、民家が途切れたところに施設はあった。

空には夏雲が湧いている。周辺は広々としていて、丘陵や畑の残る田園風景が望め、風通りのいい明るい場所といえる。いくぶん空気が澄んでいるかのように思われる長閑《のどか》な環境だ。

「新しい建物ですね」

「ええ、新築です」

敷地面積がどのくらいあるのかわからないが、かなり広大な緑地の中に武骨な体育館が出現したような感じだった。堅固な外観に目を見張った。

「いまの表通りに出れば溝の口駅までのバスが運行しています。帰りは送れませんのでご了承ください。しばらくここに通ってもらいますから慣れてください」

車は敷地の内庭に入り、玄関脇に横づけされた。入り口までの石段を上がると、常務は自動認証でオートロックを解除した。エントランスのような場所には、警備員が二人周囲に目を光らせていて、常務に最敬礼した。

「通行証は近日発行します。セキュリティーは今後のためでね」

「ここで麺をつくっているのですか？」

「そう。スープをはじめ、開発中心の建物でして、現在はまだ実験工房のようなものですよ」

と、常務はこたえた。

「手応えのあるのは熟成麺だけです。自社製麺の技を取得するために粉屋の専門職人に来てもらいまして、いろいろなバージョンが可能になりました」

「静かですね」

「本格的な稼働はこれからですよ」

二階の応接室に招かれ、

「有能な担当社員を紹介します。私が言うのもなんですが、とんでもなく頭のきれる女性です。今回のプロジェクトチームの一方の責任者でもある」

常務がそこまで話した時、ドアがノックされ、一人の女性が入ってきた。義昭は開発に没頭するインテリタイプの社員を想像していたが、目の前に現れた女性は思惑とは違って意外にも若々しくて美しかった。

ストレートの長い黒髪をポニーテールにしている。

（綺麗な人だ……）

知的で育ちの良さそうな雰囲気を漂わせている。何より存在自体が華やかに映った。睫毛《まつげ》の長い涼やかな二重瞼《まぶた》の眼差しと鼻筋が通った清楚《せいそ》な美貌の前に、独身の義昭は気持ちの動揺を隠せず、一瞬たじろいでしまった。おかげで名刺を出しそびれたことにも気づかなかった。

「はじめまして。水島《みずしま》と申します」

と、澄んだ声で義昭に軽く挨拶をしてから唐沢常務の方に向き直り、

「常務、この後はわたしの方でご案内いたします。今日は遠いところをありがとうございました」

事務的な口調で言い、常務を送り出すためにドアを開いた。

「うむ。そうしてもらえるかな。私は二軒ほど店舗を回り、用事を片づけてから社に戻る」

「はい」

前もって義昭の来訪の連絡を受けていたようだった。

「それから、水島君、今日は簡単に済ませてくれ。青木さんはうちとの取引の事務処理があるそうだから」

「承知いたしました」

唐沢常務とはそこで別れた。

彼女から手渡された名刺を見ると、水島沙也香《さやか》とあり、肩書きに商品企画開発室主任と記載されていた。

化粧は薄い。口紅を塗っていなかったが、小さな唇は瑞々しく艶やかに濡《ぬ》れた感じに見えた。

義昭の差し出した名刺を受け取ると、

「青木さん、一時間ほどお時間をいただいてよろしいですか？」

義昭を正面から見据えて訊いてきた。

冷たい表情だった。笑顔を見せず、視線に歓迎されていない何かよそよそしいものを感じた。

顔の肌艶から三十歳前のように見えた。

「大丈夫です」

義昭がうなずくと、

「それでは、わたしに同行してください。同じ階の開発工房にご案内いたします」

連れて行かれた部屋は驚いたことにラーメン屋の店内そのものだった。入り口の脇はガラス張りになっていて中が見渡せる。

室内に入るとスープのいい匂いが充満していた。

なだらかな丘陵の雑木林が眺められる右側の窓越しに四人掛けのテーブルが三卓ある。十二脚の椅子が並べられた左のカウンター席の正面からはオープンキッチンの広い厨房が窺え、大きな寸胴《ずんどう》が四つ並んでいるのが見えた。隣に茹で麺用の大鍋と食器洗浄機、冷蔵庫や給湯器の設備。その奥の方に製麺機が置かれていた。

「今後を見据えて、すべての実務研修が可能になっています。まったく同じ店舗営業の仕事がここで出来ます」

義昭は目を見張った。

カウンター上には箸置きをはじめ、様々なスパイス入れの類が用意されている。ソフトなBGMがかかり、内装や照明のセンスも申し分ない。レジスタ台もあるし、隅の通路奥にはトイレまであった。

「いやあ、本格的ですねぇ。目を疑いました」

「約二ヶ月後にこの内観をベースにしまして都内に第一号店をオープンさせます。わたしどものプロジェクトの目的はいろいろありますが、まずは目の前に迫ったお店の立ち上げが最大の課題です。将来的にはチェーン展開を考えております」

「ええ、唐沢常務から多少聞いています」

「チェーン化が順調に進めば、この社屋全体がスープ、麺、具のセントラルキッチンの総合拠点になる予定です」

「なるほど、集中管理するわけですね。建物が大きいわけだ」

「まだ骨組み同然です。中はがらんどうです」

そこへ真っ黒なTシャツを着た辰ちゃんが現れた。颯爽《さっそう》としている。

「青木さん、お待ちしておりました。今日はご一緒できずにすみませんでした。北海道から帰ってきたところなんです」

「北海道？」

「ラーメンとは関係ないんです。決して野暮用ではありません。友人の結婚式に出席していたんです」

「そうだったのか。いやあ、しかし商談はうまくいったし、辰ちゃんのおかげだよ。

感謝する」

「それはよかったです」

辰ちゃんは笑顔で言った。

「今後のお力添え、何卒《なにとぞ》よろしくお願いします。すでに仕込みは終わっています。お湯も沸いていますから一杯つくらせていただきます」

「さっそく味見ですか？」

「いえ、テストされるのは青木さんです。ラーメン好きの青木さんの味覚です。お昼は済ませたと思いますが、ぜひ召し上がっていただかないと……」

と、横にいる沙也香が静かに言いながら、挑戦するような鋭い眼差しを向けてきた。控えめな話し方だが、芯の強い性格に違いない。

「仕事の面では細かな配慮にも欠けることがなく、非常に頭のきれる優秀な社員です」

と、常務が先ほど言っていたことを思い出した。

義昭の存在を煙たく思っているのだろう。唐沢常務の指示とはいえ、義昭は社外の人間だ。開発担当者としては素直に受け入れたくないはずだ。

胡散臭《うさん》そうに見下す視線の中に、どことなく敵意の翳を感じた。信用されていなければやむを得ない。

「これはまいりましたね。いいですとも、受けて立ちましょう。しかし、食べ手側として、一杯の感想をきちんと本音で言わせていただきますよ」

と、義昭はカウンター席に座ってから姿勢を正すようにして言った。

「青木さん、どうかお手柔らかに」

辰ちゃんは空のラーメン丼に熱い湯を張った後、麺をグラグラと煮えたぎった大鍋の湯の中に投入した。

（ほう、振りザルを用いないで直接湯の中に泳がせるとは『おおきた』の影響を受けたな……）

例の大盛りラーメン店を辞めてから修練を積んだに違いなかった。辰ちゃんの全体の動きは思っていたよりも無駄がない。

冷蔵庫から取り出したチャーシューのブロックをまな板に置いて一枚だけ切った。丼の中の湯を捨て、一定量のタレを垂らし、刻み葱を投入。そして、二つの寸胴からスープを交互に注いだ。どうやら、ダブルスープのようだ。昨年暮れに大北店主が年越しそばとして披露したつけそばのスープづくりに触発されたのだろうか。

義昭が感心している間もなく、大きな平ザルでサッと麺を掬い上げ、小刻みに麺を返しながら力強く湯を切り、スープが満たされた丼の中に静かに浸した。手早く麺を整え、具のチャーシュー、メンマ、海苔、ほうれん草を盛り付けた。

手際がいい。あっという間に一杯が出来上がった。

「はい、お待ちどお様です。丼、かなり熱いですから気をつけてください」

目の前に置かれたラーメン丼から旨そうな匂いと湯気が立ち昇っている。

「それでは、いただきます」

と、義昭は、辰ちゃんと義昭を見つめている沙也香に声をかけ、備え付けの箸をとった。プラスチックの箸だった。

まずはスープをひと口。

あらかじめ丼に添えられているレンゲは使わず、丼にじかに口をつけてスープを啜るのが加瀬から教わった義昭の食べ方だ。この方がダイレクトに香りを楽しめるし、丼本体の温度とスープ自体の熱さが実感できるのだ。

やや褐色のスープは思いのほか削り節が効いていた。流行りの傾向のひとつ、豚骨魚介系だった。けっこうな量の背脂が浮かんでいる。しかし、どうにも味にムラがあってバランスが悪く、すんなり口に入っていかない。豚骨の雑味が全体を壊していた。

（なるほど。つい最近まで勤めていたあの店の出身らしいスープの取り方だ。かなりアレンジはしているけれど、抽出に問題があるようだな。素材の持つコク味がぼやけている……）

艶のある中細のストレートの滑らかな麺はなかなかの出来映えといえる。茹で具合がちょうどいい。ムチムチとしているくせに引き締まって歯応えのある食感だった。しかも、シャープさが内に潜んでいて弾力があり、噛みしめると小麦の風味が薫ってきた。

（常務が自慢しているだけのことはあるな）

ただ、チャーシューやメンマはこれといった特徴に乏しく、可もなく不可もなしといったレベルだ。義昭は再び麺を口に入れ、もう一度吟味するようにスープを味わい、全体のバランスを確かめた。

「麺だけ評価します。全体としては、残念ながら底の浅い味です。それだけですね……」

と、箸を置いて言った。

「それだけ、ということは美味しくはなかったのですか？」

と、聞き返してきた沙也香の表情は要点を摑んでいるとでも言わんばかりに明るかった。

「いえ、決して不味くはありません。しかし、ごく普通のラーメン屋のレベルですね」

「青木さん、何が足りないのか、おっしゃっていただけませんか」

辰ちゃんが少し気色ばんだ表情をして訊いてきた。辰ちゃんにも譲れない部分があるのだろう。よほど自信を持ってつくった一杯だったのか。

「それでははっきり申し上げましょう。取りあえず資金さえあれば新店としてのラーメン屋を出店するのは可能です。ところが、世間に提供して十人中、七、八人の客に味の衝撃を与えなければ実力店として認知されないのが現状です。人の好みはいろいろですが、一杯の内容に実質というか、リピートさせるに足る底光りを放つ独自性、秀でた旨みがあるかどうかでしょう。激戦区で立ち上げるなら、まして、お店は店名を冠につけたカップメンの販売の広告塔の役割を担うわけですから、店内で食べた人の最初の評価であらかた勝負は決まってしまいます」

「……………」

辰ちゃんも沙也香も黙って義昭の言葉を聞いていた。

「繰り返しますが、味の好みは千差万別です。しかし、個人の嗜好を覆らせるに十分な、水準を遥かに超えた驚愕《きょうがく》のクオリティーを持ったラーメンを誕生させなければ、ラーメン好きを振り向かせ、引きずり込むことなんか出来ません。いつの時代でも人は旨い一杯に群がるものです」

義昭はここで一呼吸おいてつづけた。

「及第点は麺だけです。しかし、麺を美味しく味わえても、その麺を活かすスープがなっていない。会社のコンセプトかどうかは知りませんが、辰ちゃんは背脂まぶしの和風をつくった。感想を言えば、スープの味が単調です。途中で飽きがくるんです。麺を追いかけて最後まで飲ませる実力にはほど遠い。辰ちゃんも大好きな『おおきた』と同等の質ならともかく、うすら寝ぼけた味では客に満足感を与えることは出来ません。しかもこの味の系統はすでに他店にあります」

辰ちゃんは無言のままうなずいた。

「例えを言いますと、葱だけしか載っていなくても、麺とスープの両方を楽しめる、かけラーメンの存在を考えてみてください。このラーメンは耐えられますか？　具も然《しか》りです。チャーシューは素材を活かしきれていません。肉質云々《うんぬん》より、調理が大雑把です。肉自体の旨みは工夫すれば肉質以上の美味しい味をつくり出せるはずです。あの『おおきた』のように備長炭を使って炙るとか、オリジナルのスパイスで煮込むとか、手間はよけいにかかりますが、煮豚ではなく、燻《いぶ》してスモークチャーシューをつくるとか、或いは低温調理法をとるとか、もっと愛情をこめて仕込む努力をしてもらいたいですね。そこそこの完成度では駄目なんです」

義昭の言葉に辰ちゃんは反論しようとしたが、沙也香は両手を彼の方に向けて押しとどめた。

「店長、冷静になりましょう。わたしも青木さんの感想と同じです。麺はともかく、バランスとしての力不足は否めません。違った視点で味全体を見直しましょう。そのために青木さんにご足労を願うのですから」

義昭の言いたいことを沙也香は察知してくれたようだ。先ほどまでの無視するような、やや敵意に満ちた面差しはなくなっていた。

納得出来ないといった表情の辰ちゃんは悔しいのか唇を噛んでいる。義昭は自分が少しばかりラーメンを知っているからといって、偉そうに発言してしまったと思った。生意気に思われたかもしれない。しかし、遠慮することはないのだ。仲良しグループの遊び事ではない。仕事なのだと自らに言い聞かせた。

「美味しくこちらの店のラーメンを食べた客がカップメンに手を出して再現度を測ろうとする流れ。或いはカップメンを単品購入して、これは旨いからと店の出来立てのラーメンを食べてみたくなり、本物を求めて遠くから足を運んでくれる展開、となれば成功といえるでしょう。少し言い過ぎてしまいましたが、テーマを定めるところから出発ですね」

と、義昭は自分が述べたことを思い返しながら沙也香の方を見た。

「そうですね。気持ちを立て直して挑みましょう。やり遂げるには課題をきちんと把握した上で、みんなの力を注ぎ込み、全力で取り組まないと辿りつけません」

と、沙也香は唇を引きしめ、真顔になって言った。辰ちゃんもうなずいてくれた。

「青木さん、ほかに何かありますか？」

沙也香が訊いてきた。

「味とは関係のないことかもしれませんが、箸はエコ箸と呼ばれているこのプラスチックの箸は止《や》めて、袋に入った割り箸をおしぼりと一緒に出していただきたいですね。店側にとってはコストの問題を主張されるでしょうが、洗浄、殺菌、乾燥の手間を考えると……大いに疑問ですね。一番の大きな理由は脂の絡むラーメンの麺はエコ箸だと滑るんです」

「青木さんのおっしゃる通りです。わたしどもの『居酒屋　カラサワ』に合わせることはありませんものね。召し上がっていただくお客様が第一です。前向きに検討いたしましょう」

と、沙也香は笑顔で言った。

笑うと歯並びがとても綺麗だった。義昭はその笑顔がとても素敵だと思った。

「ラーメンを食べに行くとなれば、真っ先に駆けつけたい一軒の中に入る店にしなければなりません。常に存在感のある味を提供出来る店が生き残れるんです。客を圧倒させるトータルバランスに優れた一杯をめざしたいですね」

義昭の言葉に沙也香は大きくうなずいた。

9

まもなく午後二時になる。

青木義昭は約束の待ち合わせ場所のJR荻窪《おぎくぼ》駅に到着した。

階段を上がって表に立つと、雲ひとつない上空に七月中旬の太陽は強烈な光を放ち、目が痛いほど日差しを強く感じた。

辰ちゃんと水島沙也香はすでに来ていた。

「時間ちょうどですね」

ラフなTシャツにジーンズ姿の辰ちゃんが陽気に言った。

沙也香はタイトスカートに半袖の涼しげなサマージャケットの身なりだった。おとなしめの目立たない服装だが、イヤリングとネックレスを身につけ、工房の白衣姿とは違って華やいで見えた。

「水島さん、辰ちゃん、お待たせしました。すぐ近くですから向かいましょう」

義昭は声をかけて先に歩き出した。上着を脱いではいたものの、ネクタイを着用して鞄を持った義昭だけはサラリーマン姿だ。

工房に通いだして一週間ほどが過ぎたが、スープづくりの意見はまちまちだった。麺本体をじゃましないスープ作成の基本方針は何となく理解できても統一性に欠けていた。

義昭が提案したのは各人の嗜好を把握した上で進むべき道を一本化し、味の差別化を明確にすることだった。スープの方向性が定まれば、スープに合わせた自家製麺の改良は可能のはずだ。

沙也香は和風仕立てのスープで固めたいという。辰ちゃんも大筋は同じ考えのようだ。二人に今まで食べたラーメン店の中で評価の高かったところをリストアップしてもらうと、重なった店に共通項がみられた。

魚介系の醤油味だった。この数年の流行りの中に雨後の筍《たけのこ》のように現れたダブルスープの豚骨魚介醤油系の傾向が見られたが、最近は個性を持ったあっさり系にシフトされつつある。

「昔ながらの中華に代表される淡麗醤油のジャンルは結構歴史があるんですが、思いのほか目立っていない。その老舗の一軒にこれからまいりましょう。お二人がともに食べた経験のない店だったとは意外です。この店は中休みを設定していないのが有難いんです」

足を運んだ先は青梅街道沿いに店を構える荻窪の超実力店『春木屋本店』だ。

「この暑い中、十人以上も並んでいるわ」

沙也香が目を丸くしていた。

昼食時間帯をとっくに過ぎていたにもかかわらず、店前の行列は途切れていない。義昭を先頭に沙也香、辰ちゃんと順に並んだ。

「少ない方です。オペレーションがいいので、すぐ入れます」

と、義昭がこたえた。

「和風ダシスープの頂点に立つ店でしょうね。名声があまりにも浸透してしまっているので、逆にテレビや雑誌に登場する機会が少なくなってしまった。お二人がこの店を見過ごしたのはたまたまだと思います」

　マニアックなガイド本や最新のラーメン情報本に顔を出さなくなったのは、期間限定や季節商品など、今どきの流行りを一切拒絶しているともいうべきメニュー構成にあった。新作のお披露目はまずない。つくれないのではなく、つくらないのである。現行の基本メニュー「中華そば」単品一本だけで勝負の出来る、筋金入りの技巧を持った本物のラーメン店なのだ。

　バリエーションは「わんたん麺」や「ちゃーしゅー麺」など、具のプラス構成とその大盛りメニューのみで、近年、ようやく「つけ麺」が加わり、夏場に「冷やし中華そば」と、冬場に「みそ中華そば」が登場する程度だ。

「スープは一種類。様々な削り節と高品質の煮干しの抽出に冴えた技が感じられます。鶏ガラと豚骨、昆布、野菜等から仕込むエキスの詰まったスープはとにかく円熟度の増した極上の味わいだと断言します」

「それって、惹かれる内容ね」

　沙也香は興味ありげな表情をしている。

「早く食べたいです」

　辰ちゃんも義昭の説明に熱心に耳を傾けていた。

列が前に動き、店の入り口近くまで進んだ。歩道からでも店内の活気に溢れた様子が窺える。

義昭はこの店を訪れ、初めて食べた時のことを二人に話した。

「店の中に入った時、漂う匂いにやられましたね。これは極上の旨い一杯が食えると直感した通り、毅然《きぜん》とした底光りを放つ美味しさに、もう、うっとりです」

丼を持ってじかにスープを啜ると、口と鼻の中に充満した削り節の香りが思いっきり脳髄を刺激し、この一杯に早くも引きずり込まれてしまったことを義昭は思い出しながらつづけた。

洗練された極め付きのラーメンだった。旨みがいきなり舌に焼きつくほどの、強烈な印象を持った味わいに驚いたものである。

「昔ながらの懐かしい味とは違うんです。最近のフリークたちはこの店を評して、値段が高い、化学調味料がきつい、進化していないとか色々好き勝手なことをインターネットの掲示板に書き込んでいますが、全くわかっていない。私に言わせれば、食べ歩きの経験不足もいいところです」

「どういうことなんですか？」

沙也香が義昭を覗き込むようにして訊いてきた。

「創業六十数年の老舗店なんですが、ここの味を真似《まね》た他店が未だに現れていない事実をしっかり受け止めなければなりません。味を盗み取ろうにも、奥が深すぎて簡単に掌握できない。模倣めいたことすら不可能なスープと麺なんです」

　麺は独特の風味とコシを持つ自家製麺。その麺とスープは、客の味覚よりも一歩先を行くハイクオリティーの位置に照準を合わせて、時代の中で改良に改良を重ね、店側の意図通り、磨き高められた味の集積を披露していた。

「スープは現時点で斬新なんです。食べ歩きの経験から言えば、味全体の向上に常に努力している店だと強く感じますね」

「青木さんはこの店に相当な思い入れがあるんですね」

　辰ちゃんが目を細めて言った。

「いえ、決して贔屓目では語っていません。本当に旨いから高評価になるのでしょう。私はいま、あえて食べる前にお二人に先入観を持たせるつもりで述べていますが、一つだけ結論の出ない点があります」

　義昭は沙也香の目を見つめて言った。

「チャーシューの味わいが個人的に物足りないんです。もう少しジューシーな肉質に変えてもいいのではないかと。まあ、長いこと頑なに用いている理由を私なりに考えますと、いま言ったこととは相反しますが、麺とスープを引き立てる名脇役になっているのも事実です。故意に素っ気なくしたのかもしれません。うちの主役は麺とスープなんだよ、といったポリシーなのでしょう。じっくりと味わってみてください」

と、義昭が感想を述べたところで店員が注文を取りに三人の前にやってきた。

ラーメンの王道の一杯を提供する貴重な店といえる。隙のない上質な味わいは力量十二分で、老舗の培ってきた底力が間違いなく伝わってくる。引き寄せられてしまう『春木屋本店』だけの味がきちんとあった。

「青木さん、驚きました！」

食べ終わって、店を出た沙也香の一声だった。

「ホント、悔しいくらいに旨かったです！」

と、辰ちゃんが額の汗を拭きながら顔をほころばせている。

「でしょう。向上心が生んだ味の結晶といえますよね」

義昭がうなずいて言った。

「いい店を教えていただきました。どうやら、情熱の懸け方が違うようですね」

沙也香がしきりに感心していた。

「歴史の重みでしょう。しかし、恵比寿に出す店の、これからの道のりが大変だなんて悠長に構えていると間違いなく挫折しますよ。とにかく、限られた時間の中でいろいろ試してみましょう。ただ、この店と同じ方向の味をめざしてはいけません。お手本にするだけで、私たちは違う道を狙って焦点を定めましょう。私も出来る限りお手伝いをさせていただきます」

「ええ。のんびりなんかしていられません」

沙也香は目を輝かせて言った。

「店長は戻って仕込みの準備のつづきをお願いね。いま食べたラーメンの味を参考に、節系を強めてみるのも面白いわね」

「はい！」

「あ、そうそう。明日は朝から店長のサブとして、常務が二人の新人を連れてくるはずですから面倒をみてあげてください」

「了解しました」

「わたしは、これから青木さんを工事中の恵比寿の店にご案内してきますから」

「青木さんは初めて行かれるんですよね」

と、辰ちゃんが笑顔で訊いてきた。

「ええ、楽しみです。しかし、恵比寿という地区にラーメン屋を開くことはホント大変なんですよ」

義昭は二人を交互に眺めながら言った。

「わかっているつもりです。一帯には北海道から九州までのご当地系の味がひと通りあるんですよね」

「まあ、それはちょっとオーバーだが、味のバリエーションが豊富なのは事実だ」

辰ちゃんを直視して義昭は言った。

「つまり、僕の味ではまだ勝負できない、ということですね」

「残念だが、その通りだ。パンチ不足は否めない。いま食べた『春木屋本店』のスープでわかるよね。水準を超えた味をつくり出すことは生半可な気持ちと技術だけでは到達できない」

「はい」

辰ちゃんは素直にうなずいた。

ＪＲ渋谷駅で辰ちゃんと別れ、義昭は沙也香の後を追うようにしてＪＲ恵比寿駅の改札を出た。

西日が照りつけている。

このところ雨はまったく降っていない。空気が埃《ほこり》っぽかった。

駅前ロータリーから駒沢通りを渡る。オープン予定の店は恵比寿神社の斜め裏側のところにあった。小さな神社の境内から四方に伸びた樹々《きぎ》の緑が頭上の空を隠し、周辺に涼しげな風情をつくっている。

二階建ての大きな店舗は新築だった。大がかりな工事の真っ最中で、数名の職人が忙しそうに作業をしていた。もちろん看板はまだない。

「壁面がガラス張りなんですね」

「ええ。工房の造りとは多少違いますが、アットホームで快適な、それでいて洒落っ気のある、わたしが女性ですから女性が一人でも入り易《やす》いような店構えを考えています」

沙也香は白い指で髪をかきあげながら明るい声で言った。気のせいか、義昭に対する態度が『春木屋本店』を出た直後からやわらかくなっていた。

「水島さんの店舗開発の個性が見られそうですね」

「恵比寿の地区にわたしどもの格安チェーン『居酒屋　カラサワ』は出店していません。ですからここを選んだのです。それに、渋谷にあるわたしどもの本社からも近いですし」

「なるほど……」

「ここにあった店舗のオーナーは引退しまして、タイミングよく購入できました」

「土地付きの購入？」

沙也香がうなずいた。

「グループ会社に唐沢不動産がありますので」

「なるほど。伸びている企業はやることが違う。それにしても、表通りを少し入っただけで随分と静かなところなんですね。駅からは近いし、いいロケーションですよ」

「よかった。ラーメン好きの青木さんにそう言っていただけるとホッとします。わたしどもの『居酒屋　カラサワ』は駅近でお酒が飲めればOKという不特定多数客を呼び込んで成功していますが、同様の立地は求めていません」

「味本位で客を呼ぼうとするなら、駅前よりこの距離間がちょうどいいと思います。味が集客に結びつくのは事実ですし、リピート客が最も大事ですから」

と、義昭は同意する口調で言った。

「店名は決まっているんですか？」

「はい」

沙也香は静かにうなずいた。

「常務の命名で『麺　唐沢屋』で出発します」

「いい屋号じゃないですか！」

義昭は大きくうなずいた。

「内外装ともわたしどもの開発室に出入りしているデザイン、設計のプロに任せています。重要視する点は『居酒屋　カラサワ』をイメージさせるものを一切取り入れないことで、少しでも関連性のあるものはわたしの段階でボツにしました」

「最終決定権は常務？」

「はい」

「なるほど」

「窓から田園風景は見渡せませんが、一階のフロアは工房とほぼ同じです。座席数は二十四。二階は事務室と従業員の男女別更衣室を兼ねた休憩控室。それぞれに専用トイレもあります。それに食材などのストック用の貯蔵庫ですね。店長の案を元にしての設計です。厨房だけは出来る限りのスペースを確保しました」

「水は？」

「直接、水道水は使いません。値は張りますが、セラミック製の大型浄水濾過機を使います。飲料用の冷水器にも直結させます」

「やはり、私の出番は味見役ですね」

「はい。内装が完成しだい、スープの仕込みは店長がここで行う予定です」

「私も毎日ここまで出勤になるんだな……」

沙也香が白い歯を見せた。

「まもなく本日の業務終了時間ですが、もう少しお伺いしたいことがいくつかあるんです。わたしどもの社の経費が多少使えますから、青木さんのご都合がよろしければ軽く飲みに行きません？」

と、義昭をじっと見つめて言った。真っ直《ます》ぐに覗き込まれると少し息苦しくなり、胸のうちに熱いものが走った。

「大丈夫です。我々営業マンに就業時間はあってないようなものです。喜んでお付き合いしますよ」

今後の協力を当てにしているというビジネス上の軽い接待だろう。

「青木さん、お酒は？」

「大好きです」

「どこか適当なところをご案内していただけません？」

「ははあ、他店の居酒屋視察も兼ねているんでしょう」

「お見通しですね」

「焼き鳥と煮込みをつまみながら生ビールなんて、どうでしょう」

「お任せいたします」

「大衆居酒屋ですよ」

「その方が参考になります。連れて行ってください」

沙也香に自宅の最寄り駅を訊くと、義昭の通勤沿線上の都心寄りにあるという。好都合と思い、該当店のある駅はやや先だったが、義昭がラーメン道に熱をあげる以前から行きつけにしている飲み屋に向かった。しかし、臨時休業だった。

「まいりましたね。それならば隠れ家的な店ですが、辰ちゃんもお気に入りのところに行きましょう。最近、居酒屋タイプのラーメン店が思いのほか注目されていますが、この店はざわついていませんからじっくり腰を据えて飲めます。もちろん、締めには手間のかかった旨いラーメンが食えます。この隣駅です」

「店長から少し聞いています。頑固なご主人が一人で切盛りしている『おおきた』というお店ですね」

沙也香がクスッと笑った。

「ご存じでしたか。すでに行かれているのですか？」

「いえ、まだです。ラーメンもきちんと提供する酒場のようなお店なんでしょう？　わたしの下車する駅からはかなり離れていますが、店長から薦められて是非行きたいと思っていたところです」

「それはちょうどよかった。ラーメン屋と居酒屋を合体させたような店です。生ビールと日本酒のみで何故か焼酎やワインは置いていませんけれど、凝ったつまみの数々に合わせるように店主好みの各地の銘酒を豊富に揃《そろ》えています。私は週に必ず一度は寄っています。食べ物も酒も両方とも満足させてくれますよ」

「楽しみです」

と、沙也香は期待する目を見せて言った。

「店主は多少癖のある人ですが、赤提灯《あかちょうちん》をつけた方が似合う大人の空気に満ち溢れたいい店です」

並んで歩いているとカップルみたいで義昭の気持ちは弾んだ。

10

日はまだ明るかったが、夕暮れの気配が周辺に漂っていた。

二人は『おおきた』をめざして改札口を出た。湿気をふくんだ生ぬるい空気がまとわりついてくる。昼間の熱気がこの時間帯でも澱《よど》んでいた。

駅前からつづく商店街は買い物に行き来する主婦たちで盛況だ。地域に密着した老舗の個人商店が軒を連ね、活気がある。

「わたしが降りる自宅の最寄り駅周辺の風景とは違います」

沙也香は惣菜《そうざい》屋の店先に陳列されている品揃えの多さに驚いている様子だった。街並みが新鮮に映っているのだろう。

「あの駅は他の鉄道との接続ステーションですからね。乗降客は多いし、オフィスビルもけっこうあって繁栄している。ここは下町なんですよ。夜は本当に静かなもんです」

義昭は駅に隣接しているコンビニで用が足りるから不都合はなかったが、ネオンが遅くまで灯《とも》っている駅の反対側の飲み屋街とは対照的に、『おおきた』のあるこちら側の商店の大半は早い時間にシャッターを下ろしてしまう。

日が傾いてきた。

通りを抜け、二つめの狭くて細い路地に入る。少し先に『おおきた』の白い暖簾がゆれているのが見えた。営業しているのか心配だったが、ホッとした。

「佇まいが小粋でしょう」

「こんなところにお店を構えるなんて……」

「ええ。表通りからでは全くわかりません」

沙也香は意外だという表情をしている。車の入って行けない古い家並みがつづく住宅地なのだ。この先に自分の住むアパートがあることを義昭は話した。

「あら、そうだったのですか」

「夫婦ものが何組か入っている小さなボロアパートで、私は寝に帰っているだけでして……さあ、涼しい店内に入ってビールを飲みましょう」

店はいつもの静かな雰囲気とは違って年配客で賑わっていた。

「いらっしゃい」

大北店主は二人の方を見ずに戸が開けられた気配だけで声をかけてきた。

「水島さん、こんなにお客さんが入っているなんて初めて見ましたよ。驚きました」

と、義昭は振り返って小声で言った。

「おや、青木さん、今日は金曜日ではありませんよ。それにしても綺麗なお嬢さんをお連れですね……」

若い女性の入店に男性客たちも注目している。男の目を引く存在であることは間違いない。

「辰ちゃんの会社の上司ですよ」

「辰ちゃんの……ああ、例の……そうですか。店主の大北です」

厨房の中の店主は仕事を中断して沙也香に挨拶した。

「こんばんは。おじゃまします」

沙也香がきちんと頭を下げた。

「そういえば、青木さん、辰ちゃんは順調？」

「ええ」

「なんとかやっているんだな」

と、店主はうなずいた。

「お店、やっていて良かったです。今日は忙しそうですね」

「いや、みなさん教授のお友達。立てこんでいるから驚いたでしょう。教授も間もなく姿を現します。青木さん、少しは飲んでいくんでしょう？」

「もちろんです」

空いていた奥の席に並んで座ると、店主は早々に本日のお通しを持ってきてくれた。

「オリジナルの角煮です。素揚げしてから蒸して、軽く煮込みながら味付けしたものです。ビールに合いますよ」

「はい。生ビールを二つお願いします」

「表は暑いでしょう」

「ええ。気温が下がりませんね」

見事な泡立ちの小ジョッキの生ビールが出てくると、二人はお決まりのように乾杯をした。義昭はひと息に半分ほど喉に流し込むと、生き返った気持ちになった。

「つまみはお任せで出てきますが、低予算であがりますから」

と、義昭が低い声でつぶやくと、沙也香は笑みを浮かべた。

「清潔で、無駄な飾りのないすっきりした感じの素敵なお店ですね」

「それはよかった」

沙也香の飲みっぷりは見事である。すでにジョッキの半分近くが空いていた。

「けっこうイケる口なんですね」

「仕事柄です。というより、お酒が大好きですからこの会社に入ったようなものです」

表情がやわらいでいる。

「なるほど」

「知っている方と飲んでいるとホッとします」

「ええ。一緒に飲みながら話をした方が楽しいに決まっています」

仕事上での関わりとはいえ、大好きな店で沙也香と会話しながらアルコールを口に出来るなんて気持ちが高まらない方がどうかしている、と義昭は思った。

義昭は煙草を取り出した。

「真横ですが一本吸ってもいいですか？」

沙也香がうなずいたので火を点けた。

義昭は煙草の煙を手で払うと、

「まったく気になりませんから。向こうのお客さんも吸っているではありませんか。わたしの仕事は居酒屋チェーンの企画開発です。居酒屋に出入りするのが務めです」

と、白い歯を見せて笑った。

沙也香はラーメンについてあれこれと義昭に質問してくることはなかった。会社のことや、目の前に並べられた色々なつまみ全般の内容で話は盛り上がった。二人はジョッキを二杯ずつ飲んだ後、冷酒に切り替えた。

教授が入ってきたので義昭は軽く頭を下げた。

仕事が一段落したのか、コップ酒を手に持った大北店主が義昭たちの前にやってきた。

「さて、今夜は満席だし、教授たちはこの後も長くつづきそうだから早々に暖簾を仕舞うことにするか。青木さんたちもゆっくりしていってください」

大北店主はそう言ってカウンターを出た。

義昭は沙也香に冷酒のお代わりを促した。笑顔でうなずいたので、もう少し飲んでいくことにした。

沙也香は穏やかな目で義昭を見ていた。アルコールのせいか、頬に赤みがさしていた。工房にいる時の気難しい表情はない。義昭自身もすでにほろ酔い気分になっていたのだろう。沙也香の面差しが魅力的に映った。

(いかん、少し酔いが回ってきたようだ。俺にとって、こんな素敵な女性は昔も今も手の届かない高嶺《たかね》の花なんだ……）

　義昭は自制するように煙草をくわえた。

「オープン告知はするんでしょう？」

　沙也香がうなずいた。そして少し考えるような仕草をして、

「まだ内々の予定ですが、わたしどもはテレビを使います。メディアを利用した演出のひとつかもしれませんが、情報を差し出すだけで普通の宣伝です。召し上がっていただければ本物だとわかる美味しいラーメンの提供場所のご案内だけです。企業として、認知されるまで待っている時間の余裕はありませんから、戦略の一環と考えています」

　と、義昭の目を真っ直ぐに見て言った。意志を貫こうとする目だった。

「そろそろ中華そばをおつくりしましょうか」

　大北店主が気をきかせて声をかけてくれたので義昭はうなずいた。

「麺を少なめでお出ししましょう」

　出てきた小ぶりのラーメンを二人は無言になって啜った。

「店長が絶賛する理由がわかりました」

　と、スープまできれいに飲み干した沙也香が弾んだ声で言った。

「わけもなく懐かしいものが込み上げてきて、心の奥深いところに潜んでいた味の原風景にばったり出会ったような気がしました」

「よかったです」

笑みを浮かべている表情に義昭は大きくうなずいた。

「味に輝きがあるんですね。ラーメンもそうですが、おつまみの一品一品、アルコールとの組み合わせ、構成力の凄さには驚きです。青木さん、たいへん勉強になります」

「いまの感想を店主に聞かせてやってください。喜びますよ」

店主が二人の方を見たので義昭は親指を立てた。

「ラーメンの可能性がひろがって見えるでしょう」

義昭が静かに言うと、沙也香は同意した。

「ひろがると言えば、多くのフリークたちの登場でブームは過熱しています。食材にこだわる店が増え、高級志向が表に出てきて価格のギャップは大きくなった。味の質がレベルアップされた中で、何だかんだラーメン一杯の値段は高くなったと思います。しかし、一方では価格据え置きの安いところもあります」

と、義昭は自分の感想を述べた。しかし、安いと言っても一般大衆の収入格差は間違いなく存在し、高いと感じる人たちがいるのも事実である。昨今の一杯七百円台のレギュラーラーメンは高価格になったといえるのかもしれない。

大盛りや味玉等のトッピングを追加すれば支払額は軽く八百円を超えてしまう。手軽に食べられるB級グルメの範疇から外れる価格帯といえよう。それでも巷には六百円前後で頑張っているラーメン店は数多くあり、ラーメン業界全体にとって激戦であることにかわりはない。

今後もラーメン好きの人口は増えると思われるが、持ち出しトータルが八百円台になると食べる側も考えてしまうはずだ。本日のサービスランチといった黒板表示の日替わり定食屋に目がいくからだ。どうしても今すぐにラーメンを食べたい人を除いて、栄養バランスのことを考慮しつつ、懐の金銭と相談してシビアに外食を選択する傾向が強くなっている。

「定食屋を侮ってはいけません」

と、義昭はつづける。

本来はラーメン一本勝負がラーメン専門店の命題といえるが、そんなことにこだわっている世間状況でないのも事実で、多くのラーメン店は徳用ランチメニューの提案、サイドメニューの導入に力を注いでいる。

しかし、ランチタイムサービスと記載されていても本当にサービス品を提供しているのか疑ってしまう内容があるから油断ならない。大盛り同料金、ライス無料、ライスお代わり自由というキャッチコピーは腹を少しでも満たしたい人には歓迎されるだろう。が、それでフリーの一見客を呼んだとしても目新しさがなければ一過性のものでしかない。

「美味しさに欠けているから、お客さんが減って、やりくりが大変になっているお店のことですよね」

「ええ。繁盛店なら考える必要はさほどありません」

「常連さんというか、固定客の掌握の問題ですよね」

「そうです」

味に定評があったとしても、最終的には戦略としての提供価格の位置づけだ。もちろん安さだけでは生き残れない。

呼び込めないから苦労する。知恵を絞っても付加価値を見出《みいだ》すことは容易ではない。

安直な例をあげれば、値引きクーポンやポイントカードの発行にはじまり、期間季節限定品、果てはセット販売に移行していく。味に特徴のない冷凍餃子との抱き合わせや、半チャーハンラーメンセットを真似して、余った切り落としのチャーシューを載せた手抜きの丼ものをつくったりする。

だが、期待以上の徳用セットにしなければ同じ客は再び訪れてはくれない。コストを無視せずに食べ手側にいかに大きなメリットを与えリピーターとして来させるのか、仕掛けの組み立てはそう簡単ではない。

「すみません。少し酔っているようです。味見役の私が言うべきことではありませんでしたね」

「いえ、大いに参考になります。それでも、わたしどもはラーメン一本の方針で営業します。トッピングは提供しますが、ランチメニューのことは現段階では考えていません。確かに低価格の三百円台の外食人気は目を見張るものがあります。立ち食いそばに始まり、牛丼チェーンがそうですし、廉価ラーメンとかカレー、洋食レストランの一部にも安価メニューはありますね。もちろん視野に入れていますが、低価格路線はコストを考えますと、それなりの味が限界だと思います。わたしどもはそこで勝負をしません。より美味しいラーメンを少しでも安く提供したいだけです」

沙也香は冷静に、きっぱりとした口調で言った。その目には自信の色がうかがわれた。

「来店客の満足度が第一にあるのですね」

義昭が訊くと、沙也香は大きくうなずいた。

「まずはスープの完成です」

「そうでしたね」

義昭は相槌《あいづち》を打った。

「青木さん、差別化を図るヒントがこのお店にはたくさんあります。質素そうでありながらインパクトは強烈。考えさせられることが多いですね。連れて来ていただいて感謝します」

酒が入って話に興が乗ると時間の経過は速い。いつの間にか十時を回っていた。

明日は朝から月例会議がある。義昭は店を出ることにした。


店の玄関先の明かりが軒先の植え込みにやわらかな光を投げている。気温は幾分下がっても風はほとんどなく、蒸し暑さは変わらなかった。

精算を終えて店の外に出てきた沙也香に義昭は頭を下げながら、

「水島さん、たいへんご馳走になりました。値段はどうでしたか、それほど高くはなかったでしょう」

と、訊くと、

「青木さんのお顔なんですね、安くて得した気分です。領収書をいただくのに気が引けました」

沙也香が爽やかな笑顔を見せて言った。聡明《そうめい》な女性の頰を赤らめている表情はあまりに艶《なま》めかしい。

「駅前まで送ります。ロータリーからタクシーを拾えますから」

「はい、ありがとうございます。でも、仕事柄この程度の時間に帰宅するのはいつものことです。そういえば、青木さんのご自宅はここから近いんですよね」

「ええ、この店からは歩いて五分ほど……ペンキの剝がれかかった殺風景なボロアパートです。帰って風呂に入り、寝るだけの部屋ですから……隣が空室なんで実に静かなもんです」

時代がかった下宿長屋が界隈に軒を連ねる中で、築年数は古いけれど鉄筋コンクリートの三階建ての二階の角部屋を義昭は借りている。

「2Kで狭いながらも風呂場はトイレと離れて独立していますし、けっこう居心地がいいんです。あ、もちろんエアコンだってありますよ」

義昭は言ってしまってから、暖簾の仕舞われた『おおきた』の店前で自分は何を話しているんだろうと恥ずかしい思いになった。酔いのせいで頭が混乱しているのだろう。誘ってみようかと一瞬思ったが、恋愛映画のような流れにはならんさ、と義昭は思い直し、駅の方に向かって先に歩き出した。

11

翌朝。週末の月例会議の席上で、青木義昭が新規店「唐沢コーポレーション」の受注経過と売上実績、今後の展望をかいつまんで報告すると、所属長は飛び上がらんばかりに喜んで労をねぎらってくれた。

義昭のもたらした数字によって、課全体の七月の予算は月末を待たずに早くも達成されたのである。

「お前のラーメン道楽がこんなところで役に立つとはなあ……」

まったく信じられない、といった顔つきを義昭に向け、

「これは月末に暑気払いを兼ねて祝勝会をせねばいかんなあ」

と、笑顔をいっぱいに浮かべながら親指を立て、ガッツポーズをとった。

「しばらくは、先方に直行直帰となりますが……」

「かまわんとも。今後の取引のこともあるからな。この大手チェーンは貴重だ」

所属長は上機嫌だった。当月の数字の重荷から解放されたことで気が緩んだに違いない。いまならどんな頼み事でもきいてくれそうな雰囲気だった。

うだつが上がらない根性ナシの営業マンとして見下されていた接し方が薄らぎ、解消の方向に向かったのだ。この大型新規店の実績が継続維持されれば、課全体の年間予算達成の実現も夢ではないだろう。義昭に向ける同僚たちの態度が一変した。ラーメンの食べ歩きが課の成果に結びついたことに、義昭自身も胸を張れるような晴れ晴れとした気持ちになった。

入社以来、初めての充実感を覚えた。


義昭は二、三の事務処理を終わらせた後、例の工房に出向いた。

今日も暑くて雲ひとつない青空が頭上にあった。会社から駅までの短い距離でさえ風のない炎天下を歩くのはつらく、日陰をさがすようにして進む。営業車を使わないのは直帰のためである。日差しのやわらぐ気配は感じられず、照りつける直射日光にうんざりした。

東急溝の口駅からバスに揺られて昼過ぎに施設に入ると、厨房ではスープ仕込みの真っ最中らしく、辰ちゃんが真剣な眼差しで寸胴の中身と格闘していた。

その傍らの調理台の前で黙々と立ち働いている若者は初めて見る顔だった。水島沙也香が昨日話していた新人に違いない。大柄なからだに似合わず、機敏な動作をしている。どうやら素人ではないように見えた。

「水島さんは、まだ……？」

義昭は、昨日ご馳走になった礼を言おうと辰ちゃんに声をかけた。

「あ、おはようございます。昨日はお疲れ様でした。恵比寿の店はいかがでした？」

「うん。立地的に申し分ないと思う」

「主任はまだです。午前中は本社だと連絡が入りました。まもなく出勤すると思います」

「わかった」

「青木さん、ご紹介します。今度、僕とともに厨房をやることになった安藤《あんどう》君です。昨日まで『居酒屋　カラサワ』の池袋店で働いていたベテランです。厨房担当でしたから、即戦力になれる実力を持っています」

丁寧に頭を下げた若者は辰ちゃんと同い歳だという。体育会系のような角刈りの頭をしている。やや厳《いか》つい顔立ちの中に職人のひたむきさが漂っていた。

「もう一人ご紹介します。ちょうどユニフォームが出来上がって着替えてもらっているところです。青木さんもご存じの女性ですよ」

「……？」

ドアを開けて入ってきたのは半袖の鮮やかな赤いポロシャツをまとったトモちゃんだった。

「青木さん、ご無沙汰しています」

「どうして……」

「転職して、こちらでお世話になることが決まりました」

「ほう、そうだったんだ。うむ？　もしかして……」

トモちゃんに向ける辰ちゃんの視線は熱っぽかった。

「いやあ……」

辰ちゃんが頭を掻いている。後から聞いた話によると、昨年暮れに行われた『おおきた』のつけそば披露会で出会って以来、辰ちゃんが猛烈にアタックをかけて現在付き合っているという。

「主任が選んだだけあって、実にセンスがいい。胸ポケットが左右に付いているなんて便利だな」

辰ちゃんがトモちゃんの華やいだポロシャツ姿をしげしげと眺めて言った。

「半袖だけどオールシーズン対応用ね。着心地は抜群だし、既製品の安物ではないわ。色は派手だけど、ボタンダウンの付いた襟元のデザインなんかとってもオシャレでしょう。背中に店名がプリントされていなかったらプライベートでも使いたいと思う」

「下のジーンズは私物？」

義昭がトモちゃんに訊くと、

「はい。厨房に入らなければスカートもＯＫなんですよ」

「男性用のもあるの？」

「柄は同じですが汚れの目立たない濃紺になります。明日には到着します」

辰ちゃんがこたえた。

トモちゃんは辰ちゃんの助手を務めながら、空いた時間に麺上げの練習を行い、曜日によっては『居酒屋　カラサワ』の各店に入って仕込みの手伝いから接客まで学ぶという。

「青木さん、まもなく茹で湯が沸きますから、おかけになってお待ちください」

義昭は窓の外にひろがる丘陵の緑を眺めながら、ここを出た後に立ち寄る予定でいる未食のラーメン店のことを考えた。

携帯が鳴った。福岡支社に勤務している加瀬から久しぶりの電話である。義昭の仕事ぶりが伝わったようだ。

「ラーメンを武器にして見上げたもんだよ。少しは上昇気流に乗り始めたみたいだな」

「先輩師匠のおかげです」

「オレは休みの日には九州各地を食べ歩いている。青木、来月の盆休みにこっちに来いよ。旨い店を案内してあげる」

「ありがとうございます。しかし、今夏の休暇は難しいです。例のアドバイザーとしての辰ちゃんの店の立ち上げが間もなくでして、これが無事成功すれば、課の実績にさらに貢献できる案件を用意する手はずなんです」

レンタルおしぼりの導入を糸口にして、次に箸やラップ、洗剤などの業務用消耗資材の営業提案が控えていた。

「そうか。頼もしい限りだ」

「わからないことが出てきましたら教えてください」

「もちろんだ」

　電話はそこで切れた。しばらくして、

「それではつくらせていただきます」

　と、辰ちゃんが身を引き締めるようにして言った。

「あ、店長、わたしにもつくってください」

　部屋に入ってきた沙也香が義昭に軽く会釈しながら頼んだ。紺の薄い夏用のスーツ姿だった。辰ちゃんはうなずいてから、丼をもうひとつ取り出した。神経を張り詰めている様子が見ていてわかる。

　果たして、手際よく出された一杯の味は一昨日《おととい》とたいして変わっていなかった。沙也香もひと口スープを啜ってから早々に箸を丼の上に置いて、深いため息をついた。

「駄目ね。どうしたのよ？　これではせっかくいらしていただいた青木さんの昼食にならないわ。わたしが昨日言ったことをまったく実行していないじゃない！」

　と、激しい口調で言いながら立ち上がった。

　辰ちゃんが唇を嚙みしめながら下を向いてしまった。

「安藤君は味見をしたの？」

新人の安藤君は黙り込んだまま、沙也香の丼を見つめている。

「お店がオープンすれば安藤君は副店長のポストなのよ」

「まあまあ、水島さん、スープづくりはそう簡単なものではない、ということです。節系を際立たせるためにダブルスープの割合を変えて試してみたらいかがですか？それを食べてみたいですね」

沙也香は思惑通りにいかない苛立《いらだ》たしい目を辰ちゃんに向けている。

「ええ、何度でもつくらせますわ。いま、削り節と豚骨は六、四の割合ですから、店長、思い切って九、一まで段階を踏んで何杯か並べてください」

沙也香は義昭の提案を業務命令の口調で辰ちゃんに伝えた。険しい目の色だ。端正な横顔は冷たい感じに見えた。

辰ちゃんと安藤君は厨房の中心に立ち、スープを確認する。手伝いに入ったトモちゃんも調理台の前に丼を並べ始めた。

しかし、バージョンを替えて試みてはみたものの、思うような味の結果は出なかった。

「割合の違いによる微妙な変化は、当然のことながら味全体に反映されるはずなんですが、結局スープそのものに課題があるようですね。後味の印象が残らないというか、風味とコクの余韻が持続しないんです。客の心を動かせる味ではありません」

義昭が箸をとめて言った。

「昨日食べた『春木屋本店』のように、地元の人たちに愛される味がほしいのに……」

沙也香が悔しそうに言った。

「いきなりあの店と比べられたら、辰ちゃんが気の毒です」

と、義昭が庇《かば》うように口をはさんだ。

「発想を変えましょう」

沙也香は腕を組んで静かに言った。

「そうですね。やはり、口にした時の衝撃度です。もう一度食べに行きたいという気にさせる強い引力がなければ人は通ってくれません。凄みのある桁外れの味わい、癖になる味の捻出ですね。口コミはそこから広がります。その積み重ねの評価が店の歴史をつくっていくんです」

義昭は真顔になって言いながら沙也香の顔を見つめた。知性的な目はうなずいたものの、かなり不満げな様子だった。

悪戦苦闘の日々がはじまった。

八月に入った。

義昭は昼前には必ず「唐沢コーポレーション」の工房に入って試食をし、感想と意見を述べるのが日課になっていた。だが、さらに一週間が過ぎても、これはというレベルに達したスープは定まらなかった。

この日の午後もひどく暑かった。

室内はエアコンが効いているとはいえ、厨房の中の熱気は相当に激しいようだ。辰ちゃんは立っているだけで汗が吹き出てくるらしい。タオルで額や首すじににじみ出た汗をぬぐいながら寸胴に向かっている。

「辰ちゃん、懇意にしている店主が、スープの仕込みは時としてつくり手を迷路の中に誘い込むものだ、と言っていたね」

義昭が声をかけた。

「あ、その言葉は『おおきた』のおやっさん……」

辰ちゃんの返事に義昭はうなずいた。

「皆さん、休憩にしましょう」

沙也香の言葉に辰ちゃん、トモちゃん、安藤君が厨房から出てきて沙也香の座っているテーブル席に腰を下ろした。

カウンター席にいる義昭はからだの向きを変えて、四人の顔を交互に見渡しながら、

「ひとつ質問があります。ダブルスープになぜこだわるのですか？　スープの合わせ、って技術を要するものでしょう。営業中はひとつの丼に計量カップを使ってつくるなんてことは出来ませんから、最終的には目分量に近い注ぎ方ですよね。もちろん、スープが完成されてもいないのに、このあたりを云々するのはどうかと思うのですが、しかし、ダブルスープの最大の問題点、調合の難しさにこの先、必ずぶつかるはずです。毎日両方のスープをきちんと仕込みながら、丼の中で決定版のスープとして合体させるのは大変なことだと思います。多くの店が採用している方法のひとつとして、別々に仕込んだスープを一本の寸胴に混ぜ合わせてしまう手もありますが、直前に合わせたものと比較すると、風味の点で香り立ちがぼやけてしまうのは否めないでしょうし、スープは出来上がった時点から劣化がはじまりますから、脂分の品質が保てるのかという疑問も残ります……」

と、ゆっくり述べ、大きく息を吸い込んでつづけた。

「で、どうでしょうか。私に提案があるんです……神奈川県に『なんつッ亭』という、本場熊本系のラーメン店があるんですが、この店では乳化させた豚骨スープの上に焦がしニンニクで仕込んだオリジナルのマー油を垂らして、味わい深いものに仕上げています。そして、ご存じの横浜家系のラーメンは豚骨主体のスープに鶏脂を足して、こってりした独自の味を提供しています。こうしたやり方を応用してみませんか？」

「えっ？……」

辰ちゃんが首をかしげたが、沙也香は、

「青木さん、先をつづけてください」

と、促した。

「例えばなんですが、乳化させた豚骨スープの上に節系の香味油をまぶす。鶏白湯《パイタン》をベースに使っても面白いと思います。或いは、海老《えび》の頭を煎って海老油をつくり、それを散らすとか……」

「青木さん、おやっさんの店ですね」

辰ちゃんの目が輝いた。安藤君も義昭の言葉に注目している。店を知っているトモちゃんが笑みを浮かべながらうなずいていた。

「そうです。香味油の達人、油の魔術師と呼ばれている『おおきた』の店主が仕上げに垂らす油がヒントなんですが……」

「青木さんと先日ご一緒したお店ですね」

沙也香の言葉に義昭は大きくうなずいた。

「豚骨スープは炊き出せばいい、というものでないことはご存じだと思います。辰ちゃんがつくった現行の豚骨スープの方は割と出来映えが良いと思います。これを基本にして九州久留米ラーメン的なコク深さを出すまで乳化を高めてみる。しかし、臭みは極力抑えることが絶対条件です。なぜなら、スープの上にまぶす節系の香味油を主軸に置かないと、合わさった時に違和感が生じてしまうと思うんです」

「わかります」

辰ちゃんがうなずいた。

「ただ、先ほども言いましたが、ダブルスープが本当に必要なのか……言葉がまとまらなくて申し訳ないのですが、そんな疑問があるんです」

「そのことは、おやっさんが一度だけつくって封印したつけそばの汁を真似したんです」

（やはり、そうだったんだ。暮れに食べたつけそばのスープに端を発していたんだな。辰ちゃんは大北店主を信奉しているからな……）

義昭はなるほど、と思った。

「青木さん、アドバイスありがとうございます。大体のイメージは摑めました。さっそく取り組んでみます！」

辰ちゃんが力強く言った。

どうやら柔軟な感覚を持ち合わせているようだ。ラーメンに懸ける飽くなき貪欲さがあるからなのだろう。

「私の理想は、炊き出しを強くし、骨太いコクはあるけれども、あっさりタイプ」

腕を組みながら義昭はつぶやいた。

「そんなこと可能なのかしら……何か矛盾しているように思うんですが」

沙也香は首をひねっている。

「ええ。口で言うのは容易いですが、難しいでしょうね。水準を超えた味をつくり出すのって、並大抵なことでは出来ません」

しかし、義昭の思惑は辰ちゃんには伝わったようだ。

「青木さんの話を聞いているだけで、美味しいものがつくれそうな気がしてきました」

と、展望が開けたような明るい顔になった辰ちゃんが言うと、

「うーん、わたしは違和感を覚えますが、他に案が浮かばない以上、その香味油の件はやってもいいんじゃない？　残された時間はあと僅かしかありませんし……面白いものが出来るかもしれない。青木さんの着想を進めてみましょう」

沙也香と目が合った。しかし、義昭に向けるその表情に親しみの眼差しはない。スープの不出来が原因なのだろう。眉をひそめて機嫌の悪そうな目つきをしている。

炎暑の日がつづいている。

義昭の営業実績は順調だった。課全体の売上は着実に伸びている。義昭自らが摑んできた「唐沢コーポレーション」の大きな数字の弾みは、既存店の訪問にも自信となって表れ、好影響を与えていた。

義昭は工房の試食が終わると、ラーメンに取りつかれたように食べ歩きを繰り返した。

（勤務中に堂々と、めざすラーメン屋に足を運べるなんて、こんなラッキーなことはない）

この機会に、今まで宿題にしておいた首都圏のほうぼうの店を制覇してやろうと

思い、義昭は地図を片手に飛び歩き、食べまくった。もちろん、辰ちゃんの店で取り扱うスープの決定打を放つためのヒントを求めていたのも事実である。義昭の食べ歩きの行動に対し、沙也香から異論は出なかった。

連日、辰ちゃんのつくる試作の一杯を皮切りに、午後は訪れたいラーメン店の中休みに入る寸前に駆け込み、二杯目を平らげる。さらに通し営業の店を夕方までに一軒。日が暮れてからも腹に入る限り、効率的に数軒をこなして食べ歩く毎日を送った。

自宅に帰るまでに多い時で一日五杯。食べ過ぎである。しかし、普通の人だって一日三食は腹に収める。これにプラスして、おやつとか夜食をつまむことを考えれば同じことさ、と自らを強引に正当化して食べつづけた。

少し体重が増えたように感じたが、好きなことをやっていると気にはならなかったし、中年太りなのだと自身に言い聞かせて改善することはしなかった。

「ごく一般のラーメン好きの一食は腹が減っていれば大盛りを頼んで終了するけれど、超のつく好き者のオレたちは、さらに貪欲に違う味の一杯を食べたくなって求めてしまう。だから絶対に大盛りとかチャーシューメンなんかオーダーしない。やって味玉のトッピングだな。堪能するまで何軒も連食するから、フリークって呼ばれるんだよ……」

と、加瀬が以前言っていたことを義昭は思い出した。

まさしく、その通りだった。美味しいラーメンを食べるたびに頬をゆるめて、超ご満悦！　なんてことは店選びさえ徹底的に把握して訪問すれば難しくない。外れの一杯に遭遇する不手際はなかった。

義昭は話題の新店の情報を得てもすぐには駆けつけない。開店時の慌ただしさや、オペレーションの不備が改善され、落ち着くまで静かに様子を見ている。少し間を置き、かなり旨い店が登場したという評判が伝わってきてから初めて腰を上げる。それほどに新規参入店の数は多く、もはやオープンする毎に追いかけるようにして足を運ぶことは不可能な時代になっていた。

ラーメンブームの風にのって湧き出るように新しい店は増えつづけていたが、この中から数年先まで生き延び、ひっきりなしに客が訪れて繁盛する店はほんの一握り残るかどうかだろう。残る店には残るだけのきちんとした理由がある。それほどまでに自然淘汰の厳しい現実が渦巻く業界なのだ。

義昭はスープの新たな味や斬新な雰囲気の店構えに出会うことでプロジェクト推

進の参考にすることも考えてみたが、自分の提案したスープさえ完成すれば何とかなるだろうと楽観していた。

ところが、スープづくりは順調には進まなかった。


工房に出向いて試食する毎日がつづく中、八月の半ばにさしかかっても、つまずいたままだった。

壁に突き当たっていた。不味くはないのだが、インパクトに欠けていた。この日もそうだった。満場一致で定番に収まるような味ではなく、義昭はありのままの感想をどう述べようか言葉が見つからずに躊躇っていると、

「青木さん、全部召し上がらずに、こちらも試食してください」

辰ちゃんから声をかけられた。

安藤君が何やら別の一杯分をつくっているように見えたが、新たな丼が目の前に置かれると、甲殻類を焦がした芳ばしい匂いが周辺を支配した。

「おおっ！　海老油の方が完成したのですか！」

「海老油は副店長の苦心作です。彼、静岡の出なんです。極上の桜エビを仕入れてきて、煎ったり、ペーストにしたり、僕たちには内緒で自宅に帰ってから試作を重

ねていたということです。豚骨白湯がベースです」

と、辰ちゃんが説明した。

チャーシューやメンマ等の具の基本構成はそのままに、赤みを帯びた海老油が白濁スープの表面の半分を覆っていた。この鮮やかな色彩だけで食欲をそそられる。安藤君の表情に、その辺の海老ラーメンと一緒にしないでほしい、といった矜持《きょうじ》みたいなものが浮かんでいた。どうやら、安藤君のラーメンに対する取り組み方も半端ないようだ。

「おっ、いいんじゃないですか！」

スープをひと口啜って声を出したが、

「確かに美味しいラーメンで完成品だとわたしも思います。けれども、時たま提供する限定ラーメンとしてです。フラッグシップになれる品ではありません」

沙也香が厳しい顔をして言った。義昭の言葉が気に入らなかったようだ。不機嫌な表情を浮かべている。

「そうでした。肝心なことは毎日飽きさせずに違和感なく食べられ、客を説得できる色褪《あ》せないラーメンの提供でしたね……」

身の細る思いになった。

定番品の味の確定は容易くない。行き詰まり、試行錯誤している状況を打破するためには的確な判断が求められる。俺の味見役は失格だな、と義昭は思った。

「店長、青木さんに話してさしあげなさい」

沙也香の言葉に辰ちゃんは下を向いたままでいた。何かあるな、と義昭は直感した。

「実はですね……」

辰ちゃんが言いにくそうに口を開いた。

「青木さんの会社の事情で昨日お越しいただけないことは主任から聞いていたんですが、僕はどうしても現時点で、この海老油も含めての感想を聞きたくて『おおきた』のおやっさんに試食をお願いしたんです……」

「ほう、そうだったんだ。それで、店主は来てくれたの？」

「当初、からだの不調を理由に断られたんですが、無理を言って社の車の送迎でここに来ていただき、食べてもらったんです」

「……」

やはり大北店主は辰ちゃんのことを気にかけて心配していたんだな、と義昭はうなずいた。

「スープをひと口、麺を二、三本ほど口に含んだだけで却下されました。しかめっ面のまま、ひと言、重すぎる、と……」

「……」

「塩分が尖《とが》っているから年寄りにはきつい。もっとシンプルでいいんだよ、と言われました。若い人にはこれでいいかもしれんが、個性的すぎる味はいずれ飽きられる。精緻を極める必要なんてないんだよ、とも……」

「なるほど。大北さんの店の味を考えると方向性がまるっきり違うもんね」

と、義昭は大北店主が味見をしながら不快な表情をしている姿を思い浮かべた。

「自分の力量を自覚していない。味を重ねすぎても駄目なんだよ。中華そば屋を営むって本当にたいへんなことなんだ、と厳しい目を向けて僕たちに話してくれました」

辰ちゃんはそこまで話すと口を閉じた。ため息をつきながら途方にくれ、落ち込んでいるようだった。

「店主さんの感想に目を背けてはいけないと思いまして、上層部に働きかけて、昨夜、弊社の年配社員に急きょ集まってもらい、両方のラーメンを試食してもらったんです」

沙也香が言った。

「…………」

「常務をはじめ、全員の方がよく出来た旨いラーメンと言ってくれました。でも、もう一度食べに足を向けるかとなると全員が首を横に振りました。大北のおやっさんと同じ感想なんです」

と、辰ちゃんは目を伏せて悔しそうに言った。

「青木さんにはそのことを話さないで召し上がっていただきました。たいへん失礼しました」

辰ちゃんが頭を下げた。

「いや、いいんだ。前進するきっかけだよ」

知らず知らずのうちに自分たちの好みを反映させていたのか。汗の出る夏の暑い気候の中で若者向きの塩分多めの濃い味を求める方向になっていたのだ。試作のラーメンは、味の密度が強いものばかりだった。

レシピの骨格に肉付けをする以前の問題といえる。

（大枠を変えねばならない……）

「わたしも店主さんのお店の味を知っていますし、再考の必要があります。お年寄りの方にも好まれ、尚且《なおか》つ若い人受けするラーメンをつくらねばなりません……」

沙也香がキュッと唇を結んだ。

（となると……）

「重たさを緩和させて、あっさりタイプにするには……」

豚骨スープの必須性が果たしてあるのか、と義昭は思いはじめた。豚骨が出しゃばらないための工夫をどうするかだ。角度を大幅に変えて見直すしかない。

「豚骨を引きずる必要はないという結論ですかねぇ……」

辰ちゃんが義昭の思いと同じことを口にした。

「ここが思案のしどころですね。思い切って、食材をスイッチするしかありませんね。豚骨のかわりに牛骨とか……」

と、安藤君もつづいた。

「加瀬から聞いていますが、以前ブームだった牛骨ラーメンも例の狂牛病の騒動で根こそぎ無くなった。ところが地方では影響がなく、東京も復活というか取り扱う店が出てきた……」

「栃木のラーメンクイーンの意見は？」

辰ちゃんがトモちゃんに訊いた。

「東京同様、煮干しが台頭し始めました」

「煮干しねぇ……クセが出そうだな。やさしい味にするのがひとつの課題なんだ」

辰ちゃんは唇を噛んで考えていた。

「鶏で丸みを出せますよ。あと、貝ダシなんていうのもありますけど」

と、自作ラーメンをつくるトモちゃんが真顔で言った。

「力んでも仕方がない時だってあります。とにかく、時代に迎え入れてもらえるラーメンづくりをしなくてはね」

沙也香が自らを励ますように言った。

「いえ、時代をこちら側に呼び寄せなければいけません。絞り込みながら不足しているものを早急に探し出さなければ」

義昭は沙也香の言葉を受け取るようにして言った。

(めまいを覚えるくらい震える一品か……視点をかえて突破口を見つけねば……腰を据えて考えるのもいいが、グズグズしていると時間はすぐに過ぎてしまう)

義昭は記憶の中から、ふと、昨年暮れの『おおきた』を思い起こした。

(あのつけそばの味わいをラーメンに応用できないものだろうか……)

他の追随を許さないスープと純手打ち麺の競演。舌を唸らせる力強い旨みが容赦なく食べ手に畳みかけ、夢中にさせてくれた『おおきた』の鮮烈な味……。

進行がスムーズに運ばず、沈滞しているためか重苦しい雰囲気が室内をつつんでいる。

「さきほど山川さんが言った鶏ダシ中心に一度かえてみますか」

安藤君が言った。

しかし、辰ちゃんは聞いているのかいないのか、心ここにあらずといった要領を得ない表情で受け答えていた。悶々《もんもん》としながら頭を抱えているに違いない。

突き抜けた旨さの『おおきた』の極上の味わいの正体、役割のひとつに香味油の存在がある。

(味を盗むとか、教えてもらうなんて悠長なことは言っていられない。狙いをつけるなら、あれだな)

「切り札がひとつある」

義昭は思い当たったようにして、少し気負いながら言った。

「大北店主で思い出したんだが、暮れにご馳走になったつけそばのこと、辰ちゃん覚えている?」

義昭が口を開いた。

「もちろんですよ」

「ダブルスープでつくられたつけ汁の後に披露された隠し味の白トリュフオイル……」

「あっ！」

カウンターの内側で辰ちゃんはからだを乗り出すようにして叫んだ。

「影響されることに不本意かもしれないが、大北店主だって言っていたじゃないか。先達の知恵と工夫は参考にすべきだと。歩み寄るというか、私と辰ちゃんは『おおきた』の味に惚れているんだから、あのオイルを使ってはどうだろうか」

辰ちゃんに熱い闘志がみなぎるのを感じた。

「どう？」

「チャレンジしてみる価値、ありますね」

辰ちゃんの目が生き返った。大北店主に心酔している辰ちゃんはすぐに理解したのか首を縦に振った。どうやら辰ちゃんの気持ちに働きかけられたようだ。食べたことのあるトモちゃんも大きくうなずいていた。

「うむ。鶏と海産物。そして、トリュフオイル……辰ちゃん！　大北店主のスープの声、香味油の声をきけ、ってことだよ」

あの夜、全員が恍惚《こうこつ》となったつけ汁の応用だ。あの系統の味の流れを汲むのは間違っていない、と義昭は思った。

「豚骨スープのことは頭から切り離しましょう。一歩踏み出さないことには何事もはじまりませんからね。方針変更、了解です！」

辰ちゃんはしたたかなラーメン職人の顔に戻っていた。

12

八月が終わろうとしていた。

凄みのある無敵の味をめざして試作、改良の日々はつづき、開店を二週間後に控えて工房では追い込みの時期に入っていた。

今日も気温の高い空気が周辺に漂い、昼の日差しは強烈だった。丘陵の後方に白い積乱雲が湧いている。

義昭が工房の部屋に入っていくと、カウンター席の前に立って厨房の様子を眺めている水島沙也香がめずらしく笑みを浮かべていた。

（おっ、ひょっとして……）

いつにもまして厨房内の熱気が感じられたのは気のせいではなかった。ようやく待望のスープは産声を上げたらしい。室内からそんな気配が伝わってきた。

「このラーメンなら、青木さんの舌を確実に摑めるでしょう。全体をいじりました。昨日までとは別物です」

と、辰ちゃんが自信たっぷりに言った。安藤君がその隣でとまらない汗を拭いながら目を細めている。

目の前に置かれた丼から食欲をそそるイイ匂いがふぁーと漂ってきた。スープの色艶からして違う。全体の透明感が昨日と違っていた。

「塩タレをつくりまして、スープに実に合うんですよ。削り節や鶏ダシの抽出の結果、薄い醬油ラーメンのような淡い色合いになっていますが、まぎれもない塩ラーメンです」

（塩味にシフトしたのか！）

スープにまぶされた香味油の匂いに、そして、丼全体の気品漂う表情に、完成品の予感が窺えた。

スープに浸かっているウェーブのかかった平打ちの中細麵が光り輝いている。丼の中心手前に、オーブンでローストされた赤い縁どりのチャーシューが二枚置かれ、その左にメンマと丁寧に刻まれた白髪葱、右には箸休めのカイワレ大根が彩りを添えている。盛り付けは視覚的にも効果抜群に映った。

「厨房内の三人が心血をそそいだラーメンです。青木さん、召し上がってください」

背後から沙也香が静かに言った。

「ええ。早速いただきます」

義昭は襟を正すような気持ちになって丼を両手に持ち、顔に近づけた。

鶏ダシと削り節の薫りがひときわ鼻孔を刺激した。丼からじかにスープをひと口啜って味の確認をする。熱い液体に潜む旨みのエキスが一瞬にして口の中にひろがり、濃厚で品のある鰹節の風味が鼻から抜けた。そして、僅かな時間差で隠し味の白トリュフオイルが醸すコク味が後を追うようにやってきた。

(胃袋を直撃する重層的な旨みが確かにある)

さらに、塩の持つ自然の甘さが巧みに活かされている。艶めかしいまでに、まろやかで豊かな味わいだ。キレのあるダシは口の中で香味油と見事に融合し、官能的ともいえた。

麺を掬う。弾力に富んだしなやかな麺はスープに負けていない。絡み具合は申し分なく、スープを引きずって攻撃的なまでに小麦粉の風味と歯にしがみつくような食感を伝えてくれる。

旨いっ！　と思わず声に出た。

（これなら、いける！　塩ラーメンの逸品だ。澄みきった飴《あめ》色スープのきらめき……黄金色の美学がひろがっている！）

口元がゆるんだ。

さらに麺を食べ進む。麺とスープからほとばしる旨みが、じゅわぁーっ、とストレートに襲ってきて箸が止まらなかった。スープ、麺、具と完全に一体化されて、絶後の仕上がり具合といっても大げさではなく、独創的な味が誕生したと義昭は思った。

（麺を啜ることに夢中になれる一杯だ！）

義昭はスープを最後の一滴まで残らず飲み干し、

「ご馳走さまでした。いやあ、本当に旨かった。塩味を編み出したとは……間に合いましたね。見事に息を吹き込みましたね」

と、何か熱いものを感じながら、その場にいた全員の顔を見渡して言った。

「お世辞抜きに、いぶし銀の味です。これなら客の心を揺さぶって、虜にしてやまず、この一杯を求め、追いかけてくるのは必至でしょうね」

義昭は何度もうなずきながら自分のことのように感動の言葉をかけた。食べ終えた後の満ち足りた気分はなんともいえず、高揚した気持ちにさえなった。

辰ちゃんたちの腕にひれ伏すしかなかった。

「わたしもそう思います。奥行きのある味わいに仕上がっていますでしょう？　試行錯誤の末の不動の味の誕生です」

沙也香の言葉に義昭は黙ってうなずいた。

「食材に振り回されるのは嫌だったんですが、思い切って元タレに使う熟成塩や削り節等の原材料をグレードの高いものに替えました。本枯れ節をふんだんに使っています」

と、辰ちゃんがようやく切り抜けたという表情になって言った。

「地鶏だってまるごとよ」

トモちゃんが白い歯を見せて微笑《ほほえ》んでいる。安藤君もにっこり笑っていた。

（おいおい、提供価格は一体いくらになるんだ……？）

沙也香は食材の産地や銘柄を説明しようとしたが、義昭は両手で押しとどめて、

「私から訊きたいことは後ほどということで、先に感想を少しだけ言わせてくださ

い。いやあ、本当に驚きましたよ。私が食べたかった味です。トリュフオイルは当たりでしたね。ふくよかなのにサラッとしたあっさり感の余韻……昆布の旨みも程よく効いて、実にお見事のひと言です。鶏ダシを中心に削り節との絶妙な組み合わせのまとめ方も素晴らしい。しかも、昨日はなかった本格の焼き豚を短時間でつくるとは。ジューシーな肩ロース、これも食べたかったチャーシューです」

と、述べた。

「ありがとうございます。青木さんのイメージ通りの味につくれたと自負しています。煮え切らなかった気持ちの背中を強く押してくれたのは青木さんです。青木さんのおかげですよ」

辰ちゃんが満足そうに言った。

「チャーシューはトモちゃんの食べ歩きの成果です。実は赤ワインに昨夜から漬けて、蜂蜜を塗ったんです。白トリュフオイルについてはおやっさんの店に出向きまして注意事項も含め、いろいろ教わってきました。全体の組み立てにはじまり、分量を量って説明していただいたものですから嬉しかったです」

「そうだったのか。よかったじゃないか。香味油の達人『おおきた』を見習った香味油のマジックといえるな。近日、顔を出してみるよ」

「はい。そうしてください」

「どこかのラーメン特集本で最優秀新人賞を獲得するかもしれませんね。さっそく実力店の仲間入りですよ」

と、義昭は四人に言った。

「スープに厚みはあっても重たさは出ていないし、本当に美味しいと思います」

沙也香も手放しで喜んでいる。

「ところで、価格はいくらに設定するんですか?」

義昭が訊いた。

「五百八十円です」

「えっ?」

沙也香が平然と言ったので耳を疑った。一杯の原価をいくらに設定したのか想像も出来ない。あまりの低価格に義昭が驚いていると、

「大丈夫です。品質、サービスを下げずにコストのことを考えています。他所《よそ》のラーメン屋さんが高すぎるんです。最初から勝負を賭けます。ですから、割引のようなオープン記念セールはいたしません。勝算はあります。味で勝負。真剣勝負です!」

と、きっぱり言い切った沙也香の目は笑っていなかった。

「毎月の家賃経費というものはありませんし、わたしどものチェーン『居酒屋　カラサワ』にも価格と内容を多少変えて併用しますからコストの件は問題ありません」

義昭の心配は無用と言わんばかりにこたえた。

「それにしても……」

「これがプロトタイプのメニュー表です。空白部分に写真が入ります」

「えっ、すでに作成していたんですか？」

「抜かりはありません」

手渡されたメニューブックにはラーメン五百八十円。チャーシューメン七百三十円。焼き餃子四ヶ二百九十円。デザート二百九十円の僅か四品。潔い構成だと義昭は思った。

「味玉などのトッピングは用意しますが、客単価を上げるためのセットものは当分の間お出ししません。アルコールは常務と検討中です。グラスを添えて、たぶん手間のかからない缶ビールのみでいくと思います」

つけめんや御飯ものの提供はあえて除外し、大盛りすらやらないと言う。オペレーションのことを考えてのことだな、と義昭は思った。

「餃子は『居酒屋　カラサワ』のリニューアル予定品をそのまま使います。ニンニク未使用です。女性客用のデザートは山川さんのアドバイスにしたがってまもなく完成します」

「餃子があって白飯がないのは？」

「ラーメンライスというイメージの払拭です。常務が反対しているので検討中ですが」

「そうですか……それにしても、オーダーしたくなる安さですね」

「ラーメンに割安感は大事なことです。周到な企画開発推進の結実、企業努力です。気取らずに、お気軽に食べていただくのが基本です。それに、お客様に美味しく召し上がっていただき、細やかな気遣い、気配りのある接客も含めて、喜んでいただけたお客様の笑顔が見られることが第一ですから。お客様の期待を決して裏切らないために、わたしどもは総力を挙げて取り組んでいきます」

沙也香は口もとを少しゆるめて言った。

「次の課題は従業員を揃え、接客と仕込み体制の強化です」

義昭はうなずいた。

翌日の夕方、自社の店で恐縮ですが軽く飲みに行きましょう、と唐沢常務から携帯にメールが入った。沙也香経由でラーメン完成の件が知らされたことによる誘いだろう。

今日は工房には寄っていない。スープが完成したことで味見役の仕事はひとまず終了した。朝方の事務処理を終えてから、顧客回りの営業に向かったが、不思議なことに外勤が気怠《けだる》いとは思わなくなっていた。

日はすでに落ちていた。しかし気温は一向に下がらず、むっとする暑さに首筋が汗ばんでくる風のない晩だった。

常務が指定した店は義昭が通勤に利用する沿線にあり、途中下車しても時間のかからない駅ビル内にあった。義昭に気を使ってくれたものと思われる。

店内は帰宅時のサラリーマン客でごった返すように賑わい、つまみの旨そうな匂いが漂っている。奥の小部屋に通されると、常務は上機嫌で迎えてくれた。義昭は自社のおしぼりで手を拭った。

「青木さん、お疲れ様。まあ、一杯いきましょう」

冷たいビールが喉に心地よかった。

「私も今日の昼に食べてきたんだが、ただならぬ味になりましたね。あれなら万人受けするでしょう。穏やかでいながら冴えた味わい。飽きが来ないのが一番です」

「よかったです。自分が食べたいものを思い描いて伝えただけですが、深みのある至高の味にまとまりました」

と、義昭は喉を潤してうなずいた。

「青木さんにお願いをした甲斐がありましたよ。青木さんと手を組んでよかった」

「常務、大げさですよ。私は食い手側の立場から味見をして横から口を出しただけです。彼らはラーメン好きを振り向かせ、引きずり込む一杯をよくぞつくってくれました。旨みの余韻が記憶の片隅にこびりつき、客の心を鷲《わし》づかみにするでしょうね。激戦区をリード出来る味に仕上がりました」

義昭は少し寛《くつろ》いだ気持ちになって言った。

「社内の打合せで正式にGOを出しました。オープン日からカップメンのコマーシャルをテレビで流します。同時に別版のテープでは『麺　唐沢屋』の開店告知をします」

「ええっ？」

「さらに、商品がまだ出来上がってもいないのに、先ほどコンビニの最大手の本社に出向き、定番品取り扱い品目のひとつに加えるようねじ込んできたところですよ。まあ、弊社にはそれだけの実績と根回しを可能にする政治的なツテがありますから。わっははは……」

と、唐沢常務は豪快に笑った。

「青木さん、私どもの社を侮ってはいけない。あらゆることを想定しながら、スープの開発と同時併行で動いています。カップメンの発売日は『麺　唐沢屋』のオープンと同じ日です。もっとも、準備がいろいろとありますす関係上、オープン日は当初の予定日から二週間ほどずれますがね。実際、カップメンの製造はこれからです。これはメーカーさんの話なんですが、例のトリュフオイルという、別添えの後入れ香味油パックの準備に手間取りましてね。解決済みですが、しばらくは、すべてフル稼働ですな」

あまりにも素早い対応だった。沙也香と密に連絡を取り合っていたのだろう、と義昭は思った。

「店名『麺　唐沢屋』のロゴが入ったカップメン、一つ税込み百九十円。どうです、買いでしょう。その本物は店に出向いて一杯五百八十円」

常務がニヤッと笑った。

「店舗での提供価格は聞きましたが、破格の設定ですね。信じられません」

「冒険でも賭けでもありません。綿密に計算されたビジネスです。私どもが展開しているチェーン『居酒屋　カラサワ』が控えているのはご存じですよね」

「はい」

「企業ってものの使命の第一は営利追求です。まあ、見ていてください。空からの、つまり、電波媒体による発信で私どもの思い通りの展開になるでしょう。何だかんだ言っても、宣伝はテレビ、ラジオに限ります。しばらく経てばインターネットで騒がれるでしょう」

と、グラスのビールを傾けて威勢のいい口調で言った。

「それほどの量のCFなんですか？　初日から大行列になりますよ」

「流せるのも青木さんの色々な助言のおかげですよ。いやいや、小気味のいい味に仕上がった」

味としては全く問題なかったが、低価格路線を組んでの『麺　唐沢屋』の企業利益は成り立つのだろうか、と気がかりなことを質問すると、

「アンテナショップです。それ自体が宣伝ですからバイトスタッフの賃金をはじめ、あの店舗の維持費は私どもではすべて広告宣伝と捉えています。仮に営業利益が計

上されたら儲けものなんですよ。まあ、水島はそれをめざしているのでしょうが……社としての課題はカップメンのシェア争いに加わり、あの市場を少しでも奪い取ることです」

　と、唐沢常務はきっぱりと言った。

（工作も含めて、どれほどの金を注ぎ込んでいるんだ……）

　義昭は困惑した。

「もうひとつは私どもの居酒屋にいらしたお客さまに、チャーシュー、メンマ、味玉の三点セットでビールをぐいぐいガンガン飲んでいただきたい。そして、飲んだ後の締めに店の中でラーメンを食べていただく。その布石でもあるんです」

「なるほど。だから、系列店のない恵比寿にラーメン店舗を構えることにしたんですね？」

　常務はうなずいた。

「軌道に乗ればラーメン店の方もチェーン化です。本当は口伝えでさり気なく、静かにゆっくり評判がひろがる方が望ましいんだが、周知されるまで待ってはおれんからな」

　と、沙也香が以前話していたのと同様のことを言った。企業が見せる貪欲な意地というか、前進して行かざるを得ない熱意のこもった言葉だと思った。

(だが、本当にビジネスとして成功するのだろうか……)

義昭はカップメンの基本知識はもとより、カップメン業界について何ひとつ知らなかった。しかし、そんなことはどうでもよかった。提供できるラーメン一杯の完成をみたとはいえ、気になるのはCFが流れた当日の店舗でのオペレーションの方だ。無難にさばき切れるのか、ラーメン好きとしてはやや心配だった。


唐沢常務と別れたその晩の帰り、遅い時間だったが、義昭は『おおきた』を訪れた。

店内では教授が定位置の席に座って、いつものように晩酌を楽しんでいた。他に客はいない。

「おや、青木君、匂いにつられてやって来たね」

教授が笑みを浮かべて迎えてくれた。

「どうも。お久しぶりです」

「帰り道なんだから、もっと頻繁に顔を出さなくては」

「すみません。忙しくて、けっこう事務処理が多いんです」

このところ残業の毎日だった。社にとっても久々の大型得意先となる「唐沢コーポレーション」との取引は大いに期待されていた。

義昭が全面的にその仕切りを任せられ、正式に社内の窓口担当責任者として担うことになった。先方本社との連絡はもとより、業務用資材の企画提案、物流調整、実績報告等、ウエイトの高い業務に追われていた。さらに各店舗の把握、取り組みのフォローも含め、充実の日々を送っている。疲れていたが、疲れを感じている暇はなかった。

「あれ、大北さんは奥ですか」

「うむ。もうすぐ旨いものが出来上がるらしい」

と、教授がこたえて間もなく、

「教授、お待ちどおさま。おや、青木さん、いらっしゃっていたの。それなら見えて早々、使って悪いけれどさ、暖簾下げてくれない。そのかわり、手の込んだつまみをご馳走するから。で、なに飲むの？　暑いから、まずビールかな？」

義昭はうなずいて、表の暖簾を仕舞って戻ると、肉片のたっぷり入った旨そうな椀《わん》が置かれていた。中華そばに使うスープで炊いた牛スジ煮込みだという。

「ある程度の量を仕込まないとこの味にはならないからね。しばらくはコースの中に組み入れる」

すでに教授は箸をとって口にしていた。

「あっさりしているから酒にぴったりだよ。つくづくオヤジの味には打ちのめされる。ここまで柔らかく煮込むのは並大抵ではないよ。必ず、ひと手間の仕事を施しているんだな。最近、オヤジのつまみを凌駕《りょうが》する味わいに出会うことはないね。それにしても、オヤジの引き出しは多い。ここに来るとつい食いすぎて贅肉《ぜいにく》がつくから困る」

「教授との団欒《だんらん》は楽しいからねぇ。さてと、ボクもそっち側に回って飲むかな」

冷えた一升瓶の栓が開けられた。店主からの振舞い酒だった。

「こってりタイプの飲み屋の煮込みとは全くちがいますね。私の知っているところは味噌味のモツ系ばかりです」

義昭は褒めるように言うと、

「張りのある肉質主体の煮込みには薄口の醤油が合うとボクは思う。汁にちょうどよく染みさせているからしなやかな歯ごたえでしょう。スジ肉の旨みが溶け出した汁は全部飲めるよ」

教授を真ん中にして座った店主は上機嫌で説明してくれた。しかし、その顔は疲れが溜まって多少やつれているように見えた。深い翳りのある目をしている。

「大北さん、少し痩せましたか？」

「夏バテだよ。暑い日がつづくと食欲は薄れるし、夏痩せ。歳だね」

「オヤジ、無理をしないでくれよ。倒れられたら私の行き場がなくなってしまう。私にとって、このひとときがないと明日がやってこない」

「そう言っていただけると営業のし甲斐がある。もっとも、超常連の教授のために開けているようなものですよ」

「嬉しい限りだ。この空間がいいんだよな。いっそのこと、暖簾をかえて『酒処《どころ》おおきた』にすればいい」

　店主は苦笑している。唇の端に煙草をくわえているが火は点いていない。

「青木さん、そういえば辰ちゃんの店はどうなりました？　先日、彼の勤め先に出向いて味の話をしたんだ。最近もここにやって来て教えてくれって粘るもんだから、指南役をちょこっとやってしまったよ」

「ええ、聞いています。喜んでいました。私からもお礼申し上げます」

「飽きさせずに飲み干せるスープの工夫、他店にない強みの味を築くって大変なことなんだ。安定した味、ブレのない味を仕込もうと思うのはつくり手として当たり前の姿勢だが、人間だからブレる時だってある。もっとも、少しでも味を向上させようとする気持ちがあれば恥じることはないと言ってあげた」

「はい」

「見落としや無駄なことも役立つ時だってある。不足しているものを探し出す姿勢、余計なものを削る勇気……いろいろなやり方を巧みに駆使して最もいいところを引き出すように掬い取り、自分のものにする……食べ手の心を摑む味の要ってそんなものだと思う。奥義なんてものは自分の味を研磨することでつくり出すものだ」

義昭はうなずいた。

「そういえば、栃木の美人が一緒にいたから驚いたよ」

「辰ちゃんの彼女だと思います」

「そうか。似合いのカップルだな」

義昭は工房で四苦八苦していた辰ちゃんたちの経緯をかいつまんで二人に話した。

「いよいよ辰ちゃんも本格的な中華そば屋人生に邁進《まいしん》だな」

と、店主はうなずくように言った。

「オヤジが話していた辰ちゃんの店のことか。オープンしたなら行かねばな」

教授が煙草を取り出しながらつぶやいた。

13

秋口まで猛暑がつづいていたが、十月一日のこの日、青木義昭は暑かった夏がようやく終わろうとしている気配を肌に感じた。

開店日は実にいい日和で、朝から爽やかな気持ちのいい風が吹いていた。

唐沢常務の工作の手始めは『麺　唐沢屋』のオープン当日に発売されるカップメンの発表の場を、四大新聞の朝刊と主要スポーツ紙の全国版すべてに設け、発売前日から三日間、紙面一頁《ページ》を割き、全面広告を大々的に打ち出したことだった。

ページ上部の大きなスペースに、デカデカとカップメンの実物大のカラー写真とキャッチコピーを載せ、残りの下部に『麺　唐沢屋』新規開店の案内を掲載した。ライターにはラーメン業界では風雲児と呼ばれている若手グルメ評論家を起用。読んだ者が店を訪れて食べたくなるような手の込んだ推薦文を書かせていた。

テレビの方では、早朝からカップメン新発売のスポットが流れ始めた。話題になっている人気アイドルの起用が大いに功を奏し、ファンは画面に釘づけになった。さらに、昼のバラエティーニュース番組のグルメコーナーの中で、オープン模様の実況が放映されたことが行列の賑わいに拍車をかけた。

新店『麺　唐沢屋』は順調すぎる滑り出しを見せた。

宣伝の影響は恐ろしいまでに客を集め、恵比寿の店前の通りでは予想を遥かに超えた人混みをつくったらしい。

義昭は会社の大会議室のテレビでその中継を眺めていた。室内には所属長や同僚をはじめ、上層部の役員も数名いた。

祝いの花々が飾られた店頭周辺と、順番待ちの列をつくる大勢の客たちの姿が画面に映し出された。店員が表に出て行列の整理にあたっている。すぐにカメラは厨房の中へと切り替えられ、手際よく麺茹でを行う辰ちゃんを中心に、安藤君やトモちゃんたちの熱の入った調理作業を捉えた。揃いの真っ赤なポロシャツを着たフロア女性スタッフたちの活気に溢れた明るい接客の動きも好意的に映していた。

出来上がったばかりの湯気の立つラーメンがズームアップされ、満員の店内で旨そうに食べている若いカップルにカメラが向けられると、女性レポーターはすかさず感想を聞きに走り、マイクを差し出した。

つづいて、食べ終えた満足顔のサラリーマン客や年配客、フリークたちを次々に取材してコメントを流していた。悪口を言う客は一人もいない。客の中に土井の姿が見えたので驚いた。

さらに、二人の女性客が笑顔を振りまきながら美味しそうに口にしている特製デザートが映されると、レポーターは自らもひと口味見してから宣伝するように格安スイーツ「ブランマンジェ」の内容を詳細に紹介していた。

オンエア中、店名、住所、最寄り駅、営業時間、無休の案内がテロップで流しっ放しになっていたのは、唐沢コーポレーションが番組のメインスポンサーだったからだろう。

（金の力って凄いな……）

義昭には唐沢常務の煽りのように映った。

たとえ、演出にしろ、店内全体の活況ぶりをライブで伝え、新店の盛り上がりを視聴者に見せつけたことは間違いなかった。

ありがたいことに義昭が手配した自社の割り箸やおしぼりが袋ごと映っていた。その拡大映像がほんの一瞬流れた時、会議室に拍手と歓声が起こった。

「青木の手柄だな」

所属長が興奮を隠せない表情をして言った。唐沢常務の配慮に違いない。

「社のおしぼりがこんなに大きくテレビに映るなんて創業以来、初めてのことだろう」

重役が満足そうにうなずいていた。

翌日、首都圏では最大の部数を誇る月刊タウン誌がかなりの頁数を割いてラーメン特集を組み、なんと『麺　唐沢屋』はニューオープンの実力店として巻頭に登場。全面カラーの見開き二頁の記事が誌面を飾った。

水島沙也香がインタビューに答え、開発の苦労話と抱負を語っていた。写真のラーメンの表情や沙也香の服装から察して、取材は義昭が試食してOKとうなずいた数日後に違いなかった。唐沢コーポレーションの事前根回しとはいえ、強引な差し替えをしなければ掲載されるはずのない紹介内容と写真だった。

火が点いた。

唐沢コーポレーションが手掛けた『麺　唐沢屋』は一躍脚光を浴びた。首都圏のラーメンフリークが飛びつかないわけがなく、長蛇の列は連日つづき、途切れる日はなかった。唐沢常務の周到な戦略の賜物だった。

義昭は開業してから一ヶ月後に店を訪れた。

肌寒くなる夜もあったが、コートはまだ必要ない。

十一時にオープンし、中休みなしの通し営業を行い、二十一時が店じまいと聞いた。

辰ちゃんに言われた通り、暖簾が仕舞われた頃合いを見計らって顔を出した。閉店の札がぶら下がっているのを確認して中に入ると、辰ちゃんや安藤君、トモちゃんの三人はスタッフたちと一緒に後片づけに追われている最中だった。

明るい店内に余計な装飾はなく、清潔感に溢れ、女性客が一人でも入れる落ち着いた雰囲気が見られた。

三人は義昭の入店に気がつくと、丁寧に頭を下げて迎えてくれた。

「いきなり繁盛店の仲間入りですね。私はこのところ地方に行きっ放しの状態でして、御社への営業に精を出す毎日でした。遅くなりましたが、おめでとうございます」

「青木さんのおかげですよ。手応えは十分に感じました。早速ですが味の確認をしていってください。今すぐつくらせていただきます」

辰ちゃんはそう言って用意を始めた。

トモちゃんが満面の笑みを浮かべながら、お冷と義昭が勤務する社のおしぼりを持って出てきた。

「初日に土井さんが来られました」

「うん、テレビで見た。連日、ラーメンオタクたちが詰めかけているようだね」

三人の表情に疲れた様子はほとんど見られず、この時間でも溌剌《はつらつ》としていたので義昭は作業中の辰ちゃんにそのことを訊くと、

「充実の毎日です。会社が人材を確保しているおかげです。僕はつくるだけですし、麺茹でも安藤副店長と交代です。サブに回っているトモちゃんの麺捌《さば》きも上手《うま》いものですよ。厨房内やホールも含めて、他の主要スタッフは都内の『居酒屋　カラサワ』から手慣れた若手をラーメンの仕込みの勉強を兼ねて回してもらっているんです。バイトもきちんと揃っています。水島主任がシフトを組んで当たっていますから作業全般に全く問題はありません。すでに居酒屋の方でも同じラーメンを出しています」

「なるほど。人手の問題は都合出来ているんだ。さすがは大企業だね」

「現状での売上は一日三百杯が限度です。スープも自家製麺もメンマなどの具材も、工房で専属スタッフがすべて仕込んでいます。特訓の成果ですね」

「特訓？」

「実はあのスープが完成してからオープン直前の一週間、この店で仮営業を行い、

安藤君とトモちゃんと三人で三百杯分を毎日提供し続けたんです。フロアには正規の従業員を準備させましてね」

と、辰ちゃんはつづけた。

「ほう」

「実際に食べていただいた一般のお客さんは少なかったんですが、会社の人たちに協力してもらいまして、多くの社員の方に一杯を召し上がってもらい、仮に食べていただく人がいなくても、切れ目のない連続オーダーが入ったとして次の一杯、あるいは集中大量注文の杯数を想定してつくる。この繰り返しでした。具をのせての正式な一杯ですから、もったいなかったんですが、常務からの指示だったものでして。しかし、混雑時の場合の接客も含めて有意義な練習だったと思います。ですから、本番も焦らずに上手くいきました」

辰ちゃんは胸を張って言った。

義昭はなるほど、と思った。オペレーションに対する危惧は無用だったらしい。先を見据えた唐沢常務と沙也香の戦略だったのだろう。飲食業界に携わっている豊富な経験からの段取りに違いなかった。

（それにしても、よほど資金がある会社なんだな。企業力が半端じゃない。おそらく、次のチェーン立ち上げを前にしての先行投資なんだろう……）

出来上がった一杯をさっそく啜る。

グッと押し寄せてくる旨みに箸は止まらなかった。穏やかでやさしい風味が弾けながらも、熟成された深みのある味わいに隙はなかった。自家製麺もきちんとスープを持ち上げて息づいていた。

繊細柔和なスープの中に王道の強さがある。ここをこうしたら良いのでは？　という部分がどこにも見当たらない。それぞれの素材の味を損なわない旨みを包み込んで洗練された仕上がりになっている。まさに五感にしみ渡っていく味わいだった。

「心に響く味だよ。ラーメン好きの心を熱くさせるすべての旨さがこの丼の中に詰まっている。屈指の名店の出来栄えといってもいい。偉そうなことを言うけれど、信服に値するこの一杯を、たいへんだろうがこの先もずっと維持しつづけていく努力を忘れないことだ」

義昭は三人に言った。

「ありがとうございます」

辰ちゃんが頭を下げた。

「青木さん、水島主任が二階にいます。召し上がった後、青木さんにお話があると言っていました」

　と、トモちゃんに声をかけられた。何だろうと思っていると、その沙也香が二階の事務所から下りてきた。

「青木さん、ご無沙汰いたしております」

　義昭を真正面から見据え、白い歯を見せている。仕立てのいいグレーのスーツがお似合いだ。あいかわらず綺麗な人だな、と義昭は思った。

「おじゃましています」

「お陰様でスムーズなスタートを切ることが出来ました。毎日、完売状態です。手堅い人気を得たと同時に大勢の方々から好評をいただけたと自負しています。カップメンの売上も全国コンビニ各社、揃って週販トップの実績がつづいています」

　と、沙也香は歯切れのいい口調で言った。

「いま三人にも言いましたが、いきなり有名実力店の仲間入りですね。見事に時代をたぐり寄せ、こちら側に呼び込みました。ラーメン好きの私からみても超のつく新星だと思います」

「そう言っていただけると嬉しいです。でも、マスコミとの連動といったら語弊があるかもしれませんけれど、仕掛けがよかったのでしょうね。近いうちに、また大掛かりなフォローを入れる、と常務の唐沢が言っていました」

沙也香は笑顔で言った。

「そうですか、それは楽しみですね」

「青木さん、唐沢から伝言を承っていますので、申し訳ありませんが上の事務室までご足労いただけないでしょうか？」

促されて二階に上がって行くと、狭くて殺風景な部屋に案内された。事務室とは名ばかりで、入り口脇の壁際に小さめの応接セットを配し、正面の隅の小机の上にパソコンと電話を置いただけの簡素な室内だった。

「実は唐沢からたってのお願いがありまして、あのラーメンの味をつくったのは店長と副店長、サブの山川さんの三人ということにしていただきたいのです。近日、次の取材依頼が入りまして、仕込みの裏話を紹介するんです」

長椅子に座った義昭に沙也香は立ったまま言った。

「もちろんですとも。私は味見をしただけの脇役で、食べ手側の要望を伝えたにすぎません。あの味をつくり出したのは、間違いなく水島さんを中心としたあなた方です」

「よかった。青木さんにはご了承いただけると思っていました。安心しました」

「私は自らつくって人に振る舞いたいという気持ちはありませんし、客に食べてもらい、美味しいと言われて喜びを見出す職人の側にはまわれません。単に旨いラーメンが食いたいだけなんです。それに、こんなことを言うのも何ですが、あれ程からだを酷使する重労働の仕事は私には全く無理ですよ」

義昭の言葉に沙也香は笑みを浮かべながら大きくうなずいた。

「それから、唐沢からなんですが、まだここだけのお話ということにしていただきたいのですが、近々ラーメン店の方もチェーン化の方向に進めていくことが正式に決定いたしました。味をきちんと統一すべく、全店直営体制で動き出します。わたしも次の任務に入ります」

「ほう、早くも次のステップに挑むんですね。めでたいことです。存在感のある美味しさを堅持していくなら必ず成功しますよ。ブレない一杯をつくってください」

「ありがとうございます。店舗展開の際には青木さんの社に、おしぼり等をはじめとした備品すべての取り扱いをお願いしますから、と申し伝えるように託《ことづか》ってきました」

「大感謝です。常務によろしくお伝えください」

コスト効率化のために今以上の大量生産システムを導入するという。あの工房がフル稼働する時期に入ったんだな、と義昭はうなずいた。

(しかし……マニュアル化されたつくり方で、スープのコンディションの維持をはじめとして、本当に生きている旨いラーメンが出来るのだろうか……)

一抹の不安はあったが、義昭はそんな疑問はあえて口にしなかった。


義昭の既存店の大半は所属長の判断により、別の課員に振り分けられ引継ぎも済んでいた。このところのスケジュールは休日も含めて空白がなく、毎週のように地方出張を余儀なくされるハードな営業業務に追われていた。

首都圏以外の主要都市に展開している唐沢コーポレーションの系列企業への新規開拓だった。関連会社はけっこうある。義昭は疲れをものともせず、唐沢常務の紹介をフルに活用して飛び歩いた。直接先方を訪問してトップに会うことが常務からの指示だった。

「青木さん、さらにそこから人脈を広げるのは青木さんの努力しだいですよ。信頼関係で築き上げるものです」

商魂を逞しくしてネットワークを構築してください、との有難いアドバイスである。親身になってくれるのは辰ちゃんの強い後押しのおかげだった。

日夜駆け回り、義昭がもたらした社の売上は急上昇した。

義昭が動いて得た地方支社支店の実績は義昭の所属する営業課にも貢献ポイントがプラスされることから、堂々と課の経費を使って全国に出張した。

(商用のついでに、地方の気になっているご当地ラーメンまで好きなように食べられるなんて……)

と、義昭はほくそ笑んだ。

福岡に足を運んだ。

十一月中旬に入ったが、南の地方は暖かい。気温のほどよい、清々《すがすが》しい天気だった。

空港から地下鉄で天神駅に向かい、宿泊用の荷物をコインロッカーに預けた後、福岡支社に勤務している加瀬吾郎と駅改札口で待ち合わせた。

「青木、唐沢コーポレーションを摑んだのは大手柄だよ。規模の大きい営業組織網が形成できそうだし、もう実績がどうのとは言われなくて済みそうだな」

加瀬は自分のことのように喜んでくれた。

「ありがとうございます」

「それにしても着いた早々、新規訪問とは勤勉なことだ」

「過密な日程できついんですが、社命ですから。あ、それから支社に顔を出す時間がありませんのでよろしく伝えてください」

「了解だ」

「さあ、向かいましょう」

「準備万端だな。お前の個人査定にも大きく影響を及ぼすから必死にやれよ。上手くいけば正式な課長への昇進が待っている。社内で一目おかれる存在になる日も遠くはない。この企業をきっかけにして、お前自身の足場を固めるんだ」

「はい」

「しかし、唐沢一族ってのは凄いな。お前からのメールの添付リストを見て驚いてしまったよ。かなり幅を利かせている。地元の飲食店はもとより、この地域のエステ、ネイルサロンチェーンの筆頭株主までがうちに切り替えてくれるというんだからな」

脱帽したという顔つきで加瀬が言った。

「唐沢常務の実家は大地主で昔から勢力があると辰ちゃんが言っていました。常務の弟さんがいくつもの企業を抱えていますから鬼に金棒です。胸を張って挨拶に行きましょう」

「あの辰ちゃんの親戚とはねぇ。これは東京に戻ったら、一番で辰ちゃんの店に行かねばな。あの新店の評判、こっちにまで聞こえているよ。ラヲタの反応はいいみたいだね」

「ええ、雑誌に扱われる頻度が多くなりました。圧倒的な人気を集めているのは間違いありません」

「今回の営業成果は一杯のラーメンの賜物だな」

と、改まった口調で言った。

「加瀬先輩師匠のおかげですよ」

「あははは。ラーメンは人を繋ぐんだよ。で、本家の唐沢コーポレーションの社長も関係筋かい?」

「はい。常務のお兄さんです。実は常務にはもう一人お兄さんがいらしたそうなんですが、亡くなられたということで、その息子が辰ちゃんなんです」

「そうだったのか、絆《きずな》が強いんだな……ところで、今夜はこの地に一泊することに決まったんだろう?」

「そうなります」

「オレの借りている部屋に来るか？」

「そうしたいのですが、明日の得意先アポは遅刻をしてはまずいものでして、天神駅近くのビジネスホテルに一泊します」

明朝一番の「のぞみ」に乗って京都支社に顔を出し、唐沢コーポレーション絡みの別の仕事を片づける予定が入っている。

「よし、仕事はさっさと終わらせて飲みに行こうや」

「ええ。地理は全くわかりませんから、先輩のナビにお任せします」

「いや、営業車を使うと時間が見えないから電車とタクシーを利用する」

「よろしくお願いします」


予定を組んだ数軒の先方企業への挨拶を済ませると、二人は西鉄薬院駅に向かった。

駅を出て大通り沿いを歩く。

午後十時を過ぎていた。夜は更けているが人通りは多く、周辺はけっこう明るかった。

加瀬が赤提灯のぶら下がっている店を指差した。てっきり飲み屋だと思っていたら、連れて行かれたところは『八ちゃんラーメン』というラーメン屋だった。明かりの点いた赤提灯は汚れ、ところどころ破れている。

「青木、ラッキーだよ。今夜は行列がない」

営業開始は二十一時からで、深夜営業の店だという。

むせ返るような強烈な豚骨の匂いが店前まで漂っている。特有のその獣臭に出迎えられた。カウンター席だけの店内は賑わい、活気があった。店に入るまでに仕事の話は終了していた。

「やっぱり、ラーメン屋さんでしたね」

「もちろんだよ。ここはビールを飲みながら煙草が吸えるんだ」

と、加瀬はニヤリと笑い、店の人に軽く挨拶をしながら瓶ビールを頼んだ。

ラーメン店の禁煙は当たり前のご時世だというのに、目の前に灰皿がある。古い店のようだ。奥の壁に貼り付けてあるメニューはよれよれになっている。おでんもあった。

義昭はお疲れさまでした、と言ってコップを合わせた。

ぐいっ！　と飲み干し「ぷはあぁぁ〜」だ。快感の息が漏れた。

加瀬はさっそく煙草を抜き出して火を点ける。

瓶ビールで乾杯をした矢先に頼んでいない餃子とおでんが出てきたので義昭は驚いた。

「あれ、すでに顔なんですね。さすがは先輩だ」

「金はちゃんと払うさ。来るたびにオレのお決まりメニューになっているから覚えられたんだよ。福岡支社に転勤になってからは定期的に通いつづけている」

ラーメンを啜っている客がいなければ飲み屋に見える。水島沙也香がこの席に座ったなら何と言うだろう。訊いてみたいものだが、その沙也香に会う機会はもうなかった。

「先輩、すみませんが腹が減っているもので、私は先にラーメンを食べたいんですが」

「そうだな。時間も時間だし、まずはメインを腹に入れてからゆっくり飲むとするか」

加瀬が注文すると丼は数分で出てきた。

「ここを訪れるきっかけはラーメン本に載っていたこの店の丼写真さ。昭和後期に出た『ベストオブラーメン』というバカでかいムックを古本屋で手に入れて知った。世界一濃いスープと書かれてあれば行って食わないわけにはいくまい」

義昭は加瀬の言葉を聞きながらスープの表情に圧倒されていた。丼の表面に張られているスープは初めて目にする色彩で、単なる脂分ギトギトではないように見え、思わず見惚れてしまった。

「これは白濁というより、混濁！　なんですねぇ。風貌が凄いや。表現は悪いけど、ワイルドというか凶暴といったビジュアルだ。東京ではお目にかかれない顔つきですね」

「おっ、いっぱしに物を言うようになったな。炊き方に捻《ひね》りの入った技があるんだろう。思い切り炊き込んで豚骨のエキス分を余すところなく抽出している。だがな、もう十年ほど前になるかな。そのムック本を入手した翌月、金曜日に有休を強引に取って二泊三日でやって来た。その時食った一杯はもっとクドいくらいに濃厚だったんだ。野蛮というか、荒々しくてインパクトがあった」

「十分すぎるほど濃密だと思いますよ」

と、義昭が熱々のスープを啜って言った。こってりの脂が唇にまとわりつく。豚骨エキスが浮かぶスープの強烈なコクにやや固い極細のストレート麺が実に合う。強靱《きょうじん》な個性を持った一杯だ、と義昭は思った。

「目が覚めるようなヘビーな味わいです。後頭部をガツンとやられました。旨みが舌に残ります」

「そうか、それはよかった。惹きの強いこの味わいは病みつきになるんだ。衝撃的だろう。骨髄の溶けかたが半端じゃないからな」

早くも食べ終えた加瀬は再び煙草を指に挟んでいる。

「先輩、先輩が雑誌に連載しているエッセーに、この店を含めて福岡編を書くんでしょう?」

「ああ、そのつもりだ。九州は広いよ。この福岡をはじめ、大分、熊本、鹿児島……地区ごとにスープはそれぞれ強い個性と特徴を持っている」

「みんな行って食いたいです」

「それでだなあ、九州豚骨スープの発祥はどこなのかをオレなりに考えてみたんだ」

「あれ? 確かラーメン本では久留米って書かれていましたよ。博多説もありますね」

「ところがなあ、青木。これまた久しぶりに先週沖縄に行って沖縄そばを数軒食べてきたんだ。以前から気になっていたことがあってな……」

加瀬は少し考える目つきをして言った。

「いつもながら軽快に食いまくっていますねぇ」

「お前さん、沖縄そばは？」

「すいません、東京の沖縄料理店だけで、現地には行けていません」

「沖縄そばってのはだな、オレに言わせれば、郷土が育んできたご当地ラーメンなんだよ。麺は100％小麦。カン水や塩も使っている。ただ、打った麺をあらかじめ茹でて油通しをした後に冷まし、来客時に、まぶした油を落とすように湯で温めてから使う。その点が異なるだけで、原材料は全く同じだ。スープは豚骨と鰹節を主軸にしている」

義昭は加瀬の蘊蓄《うんちく》が始まったと思った。ここからが長くなるのだが、黙って聞いているしかない。

「オレはここでハタと気がついた。中国、東南アジアの影響があったとはいえ、琉球時代から本土の肉食禁止令が浸透しなかった豚食の地域だ。現在も営業している本部の沖縄そばの超老舗『きしもと食堂』の創業は明治三十八年だぜ。一方、九州のラーメン誕生は昭和に入ってからだ。参考までに家康の時代、鹿児島の薩摩《さつま》藩が琉球に侵攻している。豚食文化は沖縄から流れて来たんだよ。豚骨の原点は沖縄だな」

加瀬は自分の言葉に酔っているようだった。ラーメンの魅力に、からだの芯までからめとられている男が義昭の隣にいた。

「もうひとつ。鹿児島ラーメンの老舗店は沖縄そばのようにメンマが入っていないし、豚骨と削り節がメインの炊き方だ。ラーメンの発祥は沖縄なんだよ」

「先輩の新説ですか?」

「うーん、こればかりはタイムマシンで遡ってみないと何とも言えんが、オレなりの推測による仮説さ」

と、加瀬は自分で注ぎ足したビールを喉に流し込んで言った。

「ところで、先輩はラーメン屋を自ら経営する気持ちはあるんですか?」

義昭が煙草を取り出して訊いた。

「なに馬鹿なことを言っているんだ。まだまだ食う側にとって宿題、課題店は無尽蔵にある。例えばだな、商店街のそば屋のラーメンにはじまり、歴史ある大衆食堂のラーメンとか、甘味処でも昔から提供している店だってある。町場には脈々とつづいているそうしたラーメンの世界があるんだ。だがな、問題は店の継手だ。後継者としての職人が現れなければ閉店に追いやられてしまうケースがかなりある。機会を逸してはならない。暖簾を下ろし、看板が仕舞われてしまう前に食わないと後悔する。時間は待ってはくれないんだよ。足を運んで食わないと店がなくなってしまうからな。オレは生涯、食う側にへばりついているさ。現在の営業職の特権を思う存分に使ってな」

だから、つくる側に回るなんて暇や金はこれっぽっちもないよ、と、熱っぽく語って、グラスに残っていたビールをぐ～っと勢いよく傾けた。

「ラーメンというものが、オレの骨の髄まで染み込んでしまったんだよ」

加瀬は自分に言い聞かせるようにつぶやいた。

14

冬が訪れようとしていた。

北海道の札幌出張から戻ってきたその晩、義昭は『おおきた』を訪れた。唐沢コーポレーション関係の地方スケジュールは札幌ルートが最終日だったため、久しぶりにゆっくり飲もうと出向いたのだが、期待に反して暖簾は上がっていなかった。

翌日も翌々日も店は閉まったままだった。時間が早すぎたのかと思い、一度は一旦帰宅してから夜遅くに出直したこともあった。しかし、軒先に明かりはなく、換気口からも調理している削り節の効いた香ばしいスープの匂いは流れていなかった。

義昭は福岡で世話になった礼も含めて『おおきた』の近況を加瀬に報告すると、

「超常連の教授か、あるいは辰ちゃんに訊いてみたらどうなんだ。何かわかるかもしれないぜ。店主は温泉好きのようだから湯治旅にでも出かけたんじゃないのか？」

と、加瀬はこともなげに言った。

確かにその通りだった。辰ちゃんなら、おそらく休業の理由を把握しているかもしれない。それでわからなければ、教授からもらった勤務先の名刺の裏面に刷り込んである教授の自宅住所に足を運び、様子を問い合わせてみるまでだ。名刺には自宅電話の記載はなく、教授は今どき携帯電話を持っていなかった。私の連絡先は大学の研究室なんだ、と教授は言っていた。

（よし、今夜にでも、まずは辰ちゃんの『麺　唐沢屋』に顔を出してみるか）

と、義昭は気楽に考えていたところ、月末ごとにやってくる恒例の慌ただしい業務に追い立てられ、数日が過ぎてしまった。

十二月初旬、気温が急激に下がった晩だった。表はかなり肌寒くてコートを手放せない。

大北店主が癌《がん》で亡くなったと聞かされたのは、帰宅途中、改札口を出たところで偶然出会った教授からである。出張の連続で教授の顔を見るのも久々である。

冬の夜の濃厚な気配が周辺にたちこめ、どこからかクリスマスソングのメロディーが流れていた。

線路沿いのモツ焼き屋に誘われた。仕事帰りに何度か立ち寄ったことのある大衆飲み屋だった。

店前に立つと、焼いたモツの焦げた煙の匂いが通りまで漂ってきて鼻をくすぐられた。いつ入っても立て込んでいる店内は、今日も客がひしめいて盛況の様子だ。奥の座敷席の隅の方に無理をして席をつくってもらい、燗酒と瓶ビールを頼んだ。

教授はひどく疲れきった感じだった。

「青木君のお仕事は順調ですか？」

義昭は先日まで唐沢コーポレーション関係の出張営業に忙殺されていたことや、その仕事が契機となって義昭自身の業績が上昇したこと。また、唐沢コーポレーションとの取引で会社の収益が上がったこと等をかいつまんで報告した。

「それはよかった」

「同様にラーメン食べ歩きの方も滞りはありません」

「それはそれは……」

目は笑っていたが教授の表情は硬かった。

「一段落したもので、アパートに帰る時は必ず『おおきた』の前を通っているんですが、このところ、ずっと休業されていたので心配していたんです……」

義昭の言葉に、教授は目を伏せながら盃を口に運び、

「実のところ、あの店をオープンした頃には末期の症状で回復の見込みがなくてね。ここまでもったことじたい奇跡だったんですよ」

と、暗い面差しを義昭に向けて言った。

「そうでしたか……」

信じられなかった。義昭は『おおきた』で飲んで食べたことを懐かしい気持ちで思い浮かべた。

「私が『おおきた』を最初に訪れてから、もうすぐ一年を迎えます。教授にお会いしたのもその時でした」

「いろいろあったねぇ……」

「……」

「オヤジが店舗、土地登記やらの細かいことを相談していた司法書士がいましてね。その方から知らされたのは昨日の昼なんです。一週間前に永眠されたと教えてくれました」

重苦しい空気が一瞬流れた。義昭はビールを呷《あお》った。教授は燗酒を速いピッチで流し込んでいる。

「オヤジはあまりの痛みに我慢出来ず、自ら救急車を呼んで緊急入院。その翌日だったらしい……やるせないねぇ……」

教授は煙草を取り出して、ゆっくり喋り出した。

「あの店はオヤジの最後の我儘、道楽のようなものだったんですよ。とにかく美味しいもの、美味しい酒……そして、オヤジに言わせるところの究極の中華そばの提供。オヤジはそれらを『おおきた』が大好きな常連客に喜んで食べてもらうのを唯一の生き甲斐にしていたんです。採算を度外視した営業だったから、とんでもなく格安だったでしょう。原価割れで提供していた酒や肴がたくさんあった……店を始めた時点で利益なんか全く求めていなかったんですよ。オヤジの人生にはもう必要なかったからね……オヤジはそれで十分幸せだった。それはそれでひとつの職人の道をまっとうしたんだと私は思います」

教授は灰皿を引き寄せて言った。

「そういえば、遠くからやって来た酒を飲まないご婦人客に限っては、イレギュラーでデザートを出したこともあったな。一度しか見ていないけれど」

と、ぽつりと言った。

「葬儀はどうしたのですか」

「代行会社によって滞りなく済ませた、と司法書士の方から聞きました。オヤジは生前から段取り上手でしてね。万が一の時の手配まですべての手続きを終わらせていたんです……終活整理をきちんとして、静かに旅立ってしまった……」

「そんな……」

「本人の強い意向だったのです。第三者に迷惑をかけたくなかったんでしょうね」

二人はしばらく無言になった。

「あの店はどうなってしまうのですか」

「さあ……。オヤジには身寄りが一人もいないと聞いていましたから……」

義昭は切ない気分でいっぱいになった。湧き起こってくる陰鬱な気持ちを振り払おうとグラスに残っていたビールを飲み干した。

「辰ちゃんは知っているんですか？」

「ええ。昨夜、恵比寿の店に行ってね。辰ちゃんに伝えたけど、辰ちゃんは相当ショックを受けていたから、青木君にどう伝えればいいか、彼もわからなかったんだろうね」

「……」

「でも、今夜会えてよかった。オヤジが繋げてくれたんだな。オヤジを偲《しの》んでゆっくり飲もう。辰ちゃんにも声をかけてあるから、彼に用事が何もなければ、まもなくここにやって来るはずだ。本来、いつものように飲むなら『おおきた』なんだが、最近はこの店になってしまった……」

「顔色がすぐれなかったことを覚えています」

「夏場を過ぎたあたりで体調を崩したんだ。秋が深まった頃から休みがちになってね、私にはちょうどいい散歩だったんだが……床に臥《ふ》すことが多くなってね。店前まで行って暖簾がかかっていなかったら引き返す……。そんな日々が重なり、晩酌のためにこの居酒屋に来るようになった」

　教授は少し背を丸めて盃を見つめたまま小声で言った。

「……」

「オヤジの店で憩えないなんて、なんとも淋しいねぇ……」

教授は独り言のようにつぶやいた。

義昭も同様の思いだった。間違いなく『おおきた』はくつろぎの空間を提供してくれた。

義昭は煙草を取り出し、一本抜いて火を点けた。周りの客たちの賑やかな声が店内に響いている。大北店主の店の独特な雰囲気とは違い、ガヤガヤしているこの飲み屋には今の時代の大衆の空気が感じられた。

隣の席ではサラリーマン風の若い男たちが鍋をつつきながら上司を愚痴っている。串焼きやら煮込みのイイ匂いがそこらじゅうに漂い、煙草の煙が充満していた。暮らしに密着した庶民的な酒場の匂いと場末の味があった。

瓶ビールを空けた義昭は冷酒に切り替え、

「大北さんと知り合ったのはいつ頃なんですか？」

と、訊いた。

「オヤジとは湘南の店からのつきあいでね。二年ほど前、店の近くにある大学で私は客員講師として勤めていたんです。あれは暑い夏に突入しようとする頃だったかなあ。とびきり旨いラーメン屋をご案内しますから、とゼミの学生達に連れて行かれたのがオヤジとの出会いだった」

教授は煙草をくわえて、ゆっくり煙を吐いた。

「私のような年配客が珍しかったのか、それとも酒の相手が欲しかっただけなのか、私がラーメンを食べ終えると目の前にコップ酒がずっと置かれてね。これが質のいい、実に旨い酒だった。私も嫌いじゃないし、勧められるまま飲んでいると妙に話が合ってね。食い物の話で意気投合したんだな。私は講演会とかで地方都市を回っていたものだから、ほうぼうの旨いものを食っている。学生達を先に帰して話に夢中になっていると、互いにほろ酔い気分になってしまった」

教授は燗酒のお代わりを頼んだ。

「後から店に入ってきた客が食べ終わると、今日は疲れたからもう店仕舞いにしましょう、とオヤジは苦笑しながら言って、厨房から出てきてシャッターを半分ほど下ろし、営業中の札を反対側にして準備中に替えてしまったんだ。そして、そのまま二人で酒盛りだよ」

と、教授は大北店主を懐かしむようにして語った。

「大学が近かったせいもあったし、淡麗系のさっぱりとしたラーメンだったから、それから月に二、三度顔を出すようになった。私が訪れるたびに、客足が途切れた時点で店を閉めてしまうから恐縮してね。その後はお決まりのように二人だけの宴会さ。私も地方で買い求めた酒を土産にぶらさげて店に行くとたいそう喜んでくれてねぇ。あのオヤジ、ああ見えて意外に聞き上手でね。楽しかったなあ……」

教授の飲み方はいつもよりペースが速い。頼んだつまみにはほとんど箸をつけていなかった。

「一度、助言したんだ。決まりの時間を無視したこんな営業をしていると客が逃げてしまいますよ、と言ったら、そんなことは今のボクには取るに足らないことで全く問題ありません、と不貞腐《ふてくさ》れたようにつぶやいたんだな。すでに寿命を知っていて儲けようなんて思っていなかったんだと思う。ひょっとして、湘南の店を閉めさせたのは私のせいかもしれないな」

「……………?」

義昭は身を乗り出すようにして耳を傾けた。

「そこの大学での任期が終了することになって、そんな事情でお伺い出来なくなる旨を伝えに行ったら、オヤジはひどく落胆してね。コップ酒をひと息に飲み干し、少し間を置いてから、この店も潮時かなあ、と深くため息をついた。そして、一瞬言いかけてやめたんだが、しばらくしてから打ち明けてくれたんですよ。癌のことを……」

教授は半分吸ったまま灰皿に置いている煙草を消し、話をつづける。

「病のことを話したことで気持ちが多少ほぐれたのか、今日はもう閉店にします。ボクに付き合ってください。時間の許す限り飲みましょう、と言ってシャッターを完全に下ろしてしまった。それから酒盛りになったんだが、オヤジの飲む量はいつにも増して半端なくてねぇ。互いにかなり酔って、いろんな話をしたよ。オヤジが独身だと知ったのはこの時だ。以前同棲していた女性がいたと言って財布から一枚の写真を取り出して見せてくれたんだ。四十代の頃らしい。いろんな事情があって結婚は断念した、と低い声でつぶやいた」

義昭は昨年の暮れ、雪の降った夜に店主から聞かされた話を思い出した。

「私は手渡されたその写真を見て絶句してしまった。その女性はすでに亡くなったんだが、疎遠になっていた私の妹でね。そのことを目の前のオヤジに伝えると、オヤジはからだが固まってしまって、何も喋ろうとはしなかった……」

大北店主が教授を追いかけるようにして教授の自宅近くに引っ越してきたのは、それから僅か一ヶ月後だったという。

「そんな経緯《いきさつ》があったとは……」

「自宅に丁寧な挨拶状が届いてね、驚いたよ。オヤジは湘南の時から立地の不利なんて考えていないんだな。私の家からゆっくり歩いても七、八分だから有難かったんだが、青木君も知っての通り、駅の反対側にオープンしたオヤジのあの店舗はまったく目立たない場所でしょう。いくら運転資金があるからといって……」

「店を新規オープンする場所ではありませんよね」

　教授はうなずいた。

「オヤジは移り住んですぐに、ごく普通の平屋建ての民家を改築した。有意義な時を逃すまいと貪欲だったし、残された時間が少ない中で、とにかく一徹で、必死になって動いていた……」

「………」

「病状の流れを覚《さと》って、実際、現実に押し潰されそうになったことも度々あったらしい……きっと、人恋しさの思いが強かったんだろうね。私も現在は独り身だし、何もなければ必ず立ち寄ることが日課のひとつになった」

　と、教授は静かに言った。義昭は教授の持つ大北店主への深い思い入れを感じた。

「オヤジはオヤジなりに食を究めたのだと思うよ。そう、オヤジは食い物に関しては進取の気性に富んでいた。一度、あの玄妙なる味わいを知ってしまうとオヤジの味に酔いしれるというか、虜になるんだよな」

義昭は首を縦に振った。

「惹きつけられてやまない店だった、と私も思います」

と、小さな声でつぶやくと、私も同じ思いだよ、と教授の目が語っていた。

「お、テーブル席が空いたようだ。辰ちゃんが来るかもしれんし、私は膝が痛くってたまらんから移ろう」

壁に面した落ち着ける席に移動して、教授が新たに追加の酒を頼んだ頃に辰ちゃんがやって来た。驚いたことに、ジャンパー姿の辰ちゃんの後ろに水島沙也香の姿があった。

沙也香は革のコートを手に持ち、紺無地のビジネススーツを慎ましやかな感じで身に着けていた。化粧も薄く抑えている。地味な装いでも華やいだ美しさがにじみ出ていて、やはり目立つ存在だった。今日は長い黒髪を後ろでまとめている。

「先生、昨夜はわざわざお越しいただきまして大変ありがとうございました」

辰ちゃんが教授に丁寧に頭を下げた。そして、義昭の方を向くと、

「青木さん、ご連絡しようと思っていたんですが……」

と、すまなそうな顔をして低い声で言った。

「さあ今夜はオヤジを偲ぶ会だ。大いに飲んで、オヤジに別れを告げよう」

「はい。先生、そのつもりです。それで僕の上司にも来てもらいました」

辰ちゃんは沙也香を紹介した。

「水島と申します。大北店主さんには以前わたしどもの工房までいらしていただいて、本当にお世話になったんです」

と、沙也香は教授に挨拶した。

「そうでしたか。確か、貴女《あなた》は以前、青木君と一緒にオヤジの店にいらした方ですね。覚えています。さあ、一緒にやりましょう」

「青木さん、ご無沙汰いたしております」

と、沙也香は軽く頭を下げながら、コートを背もたれにかけ、義昭の隣に腰を下ろした。背筋をきちんと伸ばした沙也香の姿はやはり綺麗だった。

夜の八時を回ったばかりの時間だったので、義昭はそのことを教授の横に座った辰ちゃんに訊くと、

「僕は早番なんですが、今日はずっと混み合いましてね。勤務時間を延長して、区切りのいいところで安藤副店長に任せて出てきました」

「あれ、トモちゃんは連れてこなかったの？」

「山川さんはご親戚にご不幸がありまして……」

と、沙也香が上体を義昭に向けて静かにこたえた。

「そうなんだ」

「彼女はしばらく休むと思いますが、正社員のスタッフがめきめきと腕を上げましてね。厨房予備軍は充実しているんです」

辰ちゃんが言った。

「オヤジは大の酒好きだったんだ。さあ、後から来た二人も一緒に飲みましょう」

と、教授が声をかけると、二人は生ビールを頼んだ。義昭はグレードアップした吟醸酒を四合瓶ごと注文した。店側が気を利かせて冷酒用の透明グラスも人数分持ってきた。

「それにしても、何だかんだ繋がりが色々とあるんだねえ」

教授の言葉に義昭はその通りだと思った。偶然に入った路地裏の大北店主の店で、目の前にいる教授と辰ちゃんに出会い、その辰ちゃんとの縁が唐沢コーポレーションの仕事に発展した。そこで水島沙也香を紹介されたのだ。大北店主の『おおきた』が取り持った結びつきだった。

「オヤジの店は間違いなく酒場だったよ。ああいう静かな飲みは、繁盛し過ぎている辰ちゃんの店では出来ない。煙草も吸えんし、雰囲気的に私には場違いだ……」

「先生、すみません」

「君が謝ることはない」

　教授が煙草を取り出した。

「おやっさんに無理をお願いして工房まで来ていただいたのが病状に影響したのかと思うと、何だか責任を感じてしまって……」

　辰ちゃんは思いつめた表情をして言った。

「気にする必要はない。オヤジのからだの不調は以前からだったんだ。今夜はオヤジを偲んで飲めばいい……」

　教授が言った。義昭たちはうなずいた。

「しかし、辰ちゃんのラーメン、どことなくオヤジを彷彿《ほうふつ》とさせる味わいだった……」

「先生にそうおっしゃっていただけると嬉しいです。やりたいことはまだまだ沢山あります」

「店長は青木さんと同じね。頭の中はラーメンのことでいっぱいなんでしょう」

　頬を少し上気させた沙也香が言った。

「味のつくりに完結はない、とおやっさんはよく言っていました」

辰ちゃんが思い出すように言葉にした。

「至言だな」

教授が顔をあげて静かにつぶやいた。

「そういえば大北さんは、現在提供している味にすがってはいけない。壊すことを繰り返して新たな挑戦をしなければ絶対に旨いものはつくれない、と自らを奮い立たせることの大切さを語っていました」

義昭がうなずくように言った。

「おやっさんの言葉ではありませんが、店が終わった後、僕はラーメン以外の料理を食べ歩きながら味覚を鍛えています。いろいろヒントが得られて可能性は無限にひろがっていくような気になります。見ていてください。近い将来、自らを表現できるような、皆さんの気持ちまで痺《しび》れるような味を必ずつくり出してみせますから」

と、辰ちゃんは力強く言った。

やりたいことがきちんと決まっているらしい。もしかしたら『おおきた』の味を一番知り尽くしているのは辰ちゃんなのかもしれない。義昭は、大北店主がカウンターの向こう側で一人奮闘している様子を頭の中に思い浮かべながら、その姿を辰ちゃんに重ね合わせてみた。

「おやっさんが最後の力を振り絞っての、病床で書き綴《つづ》ったメモを先生経由でいただきました。青木さんも召し上がった、おやっさんが一度だけ披露して、その後は頑なに封印してしまったつけそばのレシピで嬉しかったです。どんな場合でも足元を見失うな、と末尾に書かれてありました」

「それはラッキーなことだ。いつか、再びあの極上の一杯が食べられるんだな」

義昭はうなずきながら、もっと頻繁に『おおきた』に通っておけばよかった、と後悔した。

「はい。舌が憶《おぼ》えています。背伸びをせずに頑張って必ず実現させてみせます。あの味は僕の脳裏に深くしみこんでいますから……まだまだ遠く及ばないでしょうが、おやっさんの方向をめざしながら独自の味をつくりあげてみせます。僕を励ましてくれた『おおきた』でのいくつもの言葉……そして、おやっさんの微妙な手の動きを含めて、ひとつひとつの大切な記憶を頭の中に深く刻み込んで……絶対に忘れませんから」

と、辰ちゃんは神妙に言った。本気でラーメンに懸けようとする熱意の姿勢が窺えた。

辰ちゃんの職人気質と探求心。辰ちゃんにはさらなる野心があるはずだ。だが、辰ちゃんがつくり手としての技を磨き育み、王道に向かって可能性を追い求め突き進んだ時、企業の一社員としての限界に必ずや直面し、向き合わなければならない時が来る。そんな岐路に立たされた状況を葛藤しながら如何《いか》に切り抜け、自らの道を拓《ひら》いていくかだ、と義昭は思った。

しかし、辰ちゃんはまだ若い。必死になって前に進むことの出来る男だ。挫折しそうになっても、辰ちゃんなら怯《ひる》まずに果敢に壁を乗り越えていける力を持っている。押しつぶされることはないだろう、と義昭は胸の中でうなずいた。

「オヤジは、こうじゃないか、と決めつける必要なんかない、転機というものの見極めが肝心なんだ、とも言っていた。それを呼び込むのも日頃からの精進なんだろうね。遺《のこ》してくれたオヤジの言葉を忘れなければ乗り切れる」

教授がつぶやくと、辰ちゃんは無言でうなずいた。

「辰ちゃんがつくった今の味を、先につなげていくことでいいんだと思う。裏路地の『おおきた』が不在となったいま、ラーメン界のひとつの時代を画する味かもしれない」

義昭が言った。

「ありがとうございます」

辰ちゃんが素直に頭を下げた。

「私も冷酒をいただこうかな」

教授は煙草を灰皿に押しつけて言った。沙也香が教授にグラスを渡して注ごうとすると、

「水島さんも青木君と来られた日には多くのつまみを召し上がったでしょう。いかがでしたか」

教授が訊いた。

「心をこめたお料理の数々に技が光っていると思いました。どれも美味しくて印象に残っています」

「提供する食い物に対してはうるさいんですよ、あのオヤジ。出来合い品は絶対に出さない」

教授は注がれたグラスを口にして言った。

「オヤジは自分が飲兵衛《のんべえ》だから酒飲みのツボを押さえた旨いつまみを出してくる。酒好きの心をくすぐる手のこんだいろんなつまみが目の前に置かれると、酒がついつい進んでしまう」

「こだわりは本物だったと思います」

辰ちゃんがきっぱりと言った。

「努力もしただろうが、持って生まれた才能なんだろう。そして、揺るぎない向上心。今にして思えば、志とか心意気が生んだ極上の旨いものの数々だったような気がしてくる……一本筋の通った、店の其処《そこ》かしこにオヤジの気概、気骨が感じられた……」

教授は述懐するように話しながら、

「オヤジはいい仕事をしたよねぇ……オヤジが仕上げた非の打ち所のないつまみを食いながら、オヤジと酒を酌み交わすことはもうできない……頭の中でオヤジの味の痕跡を辿るしかなくなってしまった……」

と、辰ちゃんの方を向いて、しかし、自分に言い聞かせるように静かに言った。

「はい……」

辰ちゃんは何度もうなずきながら擦《かす》れた声でこたえた。

「先生はいつも悠々と酒を楽しんでいましたねぇ。先生のための店だったんですね。おやっさんの店に定休日はなかったでしょう。先生用に開けていたんですよ。それに先生は暖簾が出ていなくても、或いは営業開始前でも、店先に明かりが点いていれば平気で店内に入ってしまう」

辰ちゃんは教授の方を向いて少し目を細めた。

「オヤジに似て酒に意地汚いんだ、私は……そう、あの席に座ると、豊かな時間が流れていたなあ……しかし、オヤジは、一升瓶をあと何本飲めるかな、なんて淋しい顔をしていた……」

教授は独り言のようにつぶやいた。

「おやっさんの店で、粋に酔える時間がなくなってしまったのは本当に悔しいです」

辰ちゃんも冷酒に切りかえると、教授は四合瓶を追加し、色々なつまみを頼んだ。

「水島さんはもっと飲めるご様子ですね。オヤジへの弔い酒です。大いに飲んで供養しましょう」

新しい瓶がテーブルに置かれると、教授は水島沙也香のグラスに注いでから、自身のグラスを満たした。

「あのお店のラーメンをもう一度食べたいです」

沙也香はグラスに両手をそえて静かに言った。

「オヤジの出過ぎない応接は気持ちよかった……」

喪失感に苛《さいな》まれているのは教授が一番なのだろうな、と義昭は思いながら、

「温泉宿の話は夢で終わってしまいましたね」

手元のグラスを見つめて言った。

「青木君もオヤジから聞いていたのか……」

「はい。残念です」

酒が苦く感じられた。

「療養を兼ね、水の美味しい静かな温泉地で隠居することを考えていたんだよ」

教授が酔いの回った声で言った。

「オヤジの性格が柔軟だからこその発想かもしれん……それまでの営業の段取りを変えて、味の探求、さらなる味の収穫に励もうとしていたんだな」

教授は眼鏡のレンズを拭いてかけ直した。

「一杯の中華そばの丼の中に料理の本質があると言いながら、厨房の中で仕事のできる喜びを噛みしめてオヤジは誠実につくりつづけたんだ。毎日が勉強だと言いつつ、オヤジは楽しんで仕事をしていた……そういえばオヤジはラーメンとは言わなかったな。中華そばといつも言っていた……オヤジの姿が目に浮かぶねぇ……」

教授は店主を偲ぶような目をしてくぐもった声で言った。

沙也香は静かにグラスを傾けている。

「私には夢のようなひとときでした」

と、義昭は胸を締め付けられるような、わけもなく感傷的な気持ちになって言った。常連の教授や、仕事を終えて夜更けに顔を出す辰ちゃんたちとの『おおきた』で酒を酌み交わす時間は何より楽しかったからだ。

辰ちゃんは目をこすっていた。涙があふれているに違いない。

「無性に思い焦がれてやまないねぇ……なんだか、本当にやるせないねぇ……」

手酌でやっている教授の目にも涙が光っていた。義昭は言葉につまった。

ふと『おおきた』の店の匂い、削り節の匂いが思い起こされた。

「まちがいなく非日常の空間をあの店は我々に与えてくれた。そして、そこに流れる贅沢な時間を束《つか》の間《ま》、我々『おおきた』好きは確かに共有したんだ……」

と、教授は記憶の隙間にわだかまっている何かを模索するように低い声でつぶやき、少しだけ吸った煙草を灰皿の中でもみ消した。

「おやっさんに……」

と、辰ちゃんは言い、グラスを目の上にあげた。

話は尽きなかった。

四合瓶の吟醸酒が何本か空いた。四人で一升以上を軽く飲んでいる。

義昭はこの場を立ち去り難かったが、閉店の案内を受けた。

「今夜は『おおきた』の店前を通って帰ることにします」

別れ際に義昭は言った。店の外に出ると、さらに気温が低くなっているようだった。教授と辰ちゃんとは店前で別れた。辰ちゃんは教授の家に泊まるらしい。わたしも、もう一度店主の店を見ておきたい、と沙也香が言ってついて来た。

「寒いわ」

踏切を渡ったところで腕を組まれ、義昭の肩に沙也香の頭が静かにもたれかかってきた。美しい白い横顔を身近に感じ、彼女の甘い匂いが香ってくるのを意識した。ひょっとしたら思いが通じるかもしれない、という気持ちに義昭はなった。距離が縮まって、テレビドラマのようなハッピーエンドの流れになるとは思えなかったが、少しは希望を持ってもいいだろう。

師走の夜の街に冷たい風が吹いている。まもなく、もっと寒い冬がやってくる。商店街を抜け、路地裏に入った先に竹囲いの平屋が見えてきた。しかし、店前の植え込みを淡く照らす明かりはなく、店は静まり返り、人の気配は全く感じられなかった。義昭は店の前で立ち止まった。

暗い。足元を冷気が流れている。吐く息が白かった。

義昭は金曜日ごとに訪れて腹に入れた大北店主のつくる削り節の効いた渾身の一杯を思い出した。

スープは香味油の旨みが被《かぶ》さって見事なまでに麺と競演していた。スープの張られた表面には炭火で焼かれたチャーシューを中心に刻み葱が彩りを添えている。丼の縁から熱いスープを啜れば、コクが口の中にひろがって舌が歓喜する。そして、ふくよかに漂うダシの香りを吸い込みながら湯気の立つ麺を持ち上げ、嚙みしめる。純手打ちの粉感の強い麺の風味が口の中で炸裂《さくれつ》——旨みが封じ込められた本物の美味しさに感動を覚え、楽しませてくれた日々。

（ちょうど、一年か……）

換気口は閉じられていて、スープの香ばしい匂いは流れてこない。

胸の奥に熱いものがこみ上げてきた。

「店主さんのラーメンのことを考えているんでしょう？」

水島沙也香が義昭の顔をのぞき込むようにして静かな声でささやいた。

義昭はうなずいただけで黙っていた。

人を惹きつけてやまない別格の優れ品はもう味わえない。

義昭は、ほろ苦い思いで『おおきた』を眺めた。見なれた細い小道が妙に陰気に見え、心にしみた。暖かい春の風が吹く頃には懐かしい気持ちになって、この道を歩くことになるのだろうか。

その後、店に暖簾がかかることは二度となかった。

「見落としや無駄なことも役立つ時だってある」

解説　新しくて強いサラリーマン

植野広生（『dancyu』編集長）

『dancyu（ダンチュウ）』という食の雑誌をつくっている。毎号、いろいろな店を掲載していて、よく「どうやっていい店を探すのか？」と聞かれるが、答えは簡単。ひたすら食べ込む。毎号、特集テーマが決まると、その分野に詳しい人に聞いたり、編集部内の情報を整理して「試食リスト」をつくる。特集班のスタッフは手分けしてリストの店を食べ歩き、一軒ずつ確認していく。刑事の捜査のようだ。ただ、我々は評論家ではないので味の評価をするために行くのではない。読者の代わりに体験してくる。もちろん美味しいことは前提だが、店の雰囲気や接客、酒の品揃え、値段などを総合的に見る。そのうえで、特集のテーマに合っているかどうかを判断する。「友達と呑みに行く店」というテーマであれば、美味しくてもプライベートで行くには値段が高すぎる場合は掲載しない。当然ながら「『dancyu』です」とは名乗らず、個人名で予約して普通に飲み食いして代金を払って帰ってくる。テーマに即したいい店であれば後日連絡して取材をお願いする。

担当スタッフは、同じ料理を食べ続けることになる。カレー特集なら担当者は2カ月ほど毎日、昼夜カレーを食べ続ける。以前、餃子特集で東京の店を3軒紹介するのに、スタッフ2人に108軒食べ回ってもらった。多い時で一日7軒ほど食べたようだ。もちろん、普通に食べるのが目的だから、それぞれの店でビールも飲んで。東京の美味しい餃子店はある程度わかるのだが、ただ「美味しい店はこの3軒です」というのと、「改めて東京の店108軒を食べてみたら、美味しいのはやはりこの3軒でした」と打ち出すのとでは説得力が違う。

それに、同じ料理を食べ続ければ、判断基準の精度が上がる。いきなりA店だけに行ってどのレベルか判断するのは難しいが、あちこち食べ続けてB店と比べると上、C店と比較すると下……というように考えていけば、容易に基準ができるのだ。だから、どんなテーマでも、スタッフはひたすら食べ続ける。

しかし、そんな我々でもうかつに手を出せない分野がある。ラーメンだ。この分野には、主人公の青木義昭や先輩の加瀬吾郎のように年間何百杯も食べる猛者《もさ》が大勢いる。それも評論家などのプロではなく、普通のサラリーマンでも本当にいたりするから、2カ月食べ続けたくらいでは敵うわけがない。この作品に描かれているラーメンマニア（青木たちが言う「ラヲタ」）の食べっぷりを読んで「そんなに食べられるわけないだろう」と思った方もいるかもしれないが、現実にいるのだ。

かつて某ビール関連会社の営業マンであったという作者の一柳雅彦さん自身が、これまでに９８００杯以上のラーメンを食したリアル猛者だ。青木や加瀬のラーメン食べ歩きの方法（得意先とラーメン店をいかに効率よく回るか）や実際の食べ方などに詳細なリアリティを感じるのは実体験がベースとなっているからだ。

青木が語っているラーメンの魅力も作者の実感がこもっていて、食べ込んでいくほど深い味わいと細かな違いがわかるようになり、美味しさも楽しさも増大していく。この〝魔力〟にハマった猛者たちが次に夢見るのは、この世界で一目置かれることだろう。雑誌に連載まで持つ加瀬は、マニアたちからすればスター的存在に違いない。そして、それをも凌駕《りょうが》するのが、実は商品開発ではないだろうか。

ラーメンに限ったことではないが、自分が好きな世界で新しいものを創り出すことに携われるのはある意味、究極だ。ただのラーメン好きであった青木が、マニアの域に達し、きっかけは偶然とはいえ唐沢コーポレーションのアドバイザーになるとは、ラーメン世界においても先輩の加瀬を一気に飛び越えた豊臣秀吉級のスーパー出世といえる。作中では後輩の活躍を素直に褒めているが、実は加瀬の心中は穏やかではないかもしれない。

そんな穿《うが》った見方をしてしまうのは、この作品がラーメン小説であるとともにサラリーマン小説であるからだ。うだつが上がらないサラリーマンの青木は、成績を上げることができず、唯一の楽しみであるラーメンのために行列しているところを見つかり、さらに評価を下げる。このままいけば、昇進はおろか地方に飛ばされかねない。ところが、そのラーメンがきっかけで逆転満塁ホームランを打ってしまう。さらに美人まで近づいてくるという羨ましすぎるサクセスストーリー。

これは周囲の羨望と嫉妬が渦巻くパターンだ。成績に対しては褒める上司も、趣味に没頭するかのような行動は本当は快く思っていないかもしれない（それが自分の評価アップにつながる要因だとしても、認めようとしないタイプは現実にも多い）。しかし、作者はそちらに視点を移さない。周囲にそうした雰囲気があったとしても、青木は純粋にラーメンに向かっていて、まったく意識に入らないからだ。実際、唐沢コーポレーションとの取引が決まり奇跡的な好成績を収めたのに、出世を意識することもなく、これで大手を振ってラーメンに没頭できるとホッとする。

これは、もしかしたら新しいサラリーマン像かもしれない。仕事はそこそこなして趣味や別の世界のことを楽しむというタイプは多いが、実際はどちらも中途半端になっているケースが多いのではないだろうか。しかし、青木は趣味を優先し、徹底して打ち込む。住民票は会社に置くけれど、本籍はラーメンにある。これは相当の覚悟がないとできないことだが、そんなことはおくびにも出さず、淡々と趣味を真っ当する。そこには仕事では得られない自分にとっての幸せがあるから。仕事での達成感よりも自分の幸せを自然に追い求める。青木の言動を見ているとそれがサラリーマンの新しいスタイルだと思ってしまうのだ。

だから、おそらく営業でのセールストークは弱々しかったであろうが、商品開発のアドバイザーになると、つまり自分の幸せを追い求めているときは信念を感じる強い言葉を発する。

「水準を遥かに超えた驚愕のクオリティーを持ったラーメンを誕生させなければ、ラーメン好きを振り向かせ、引きずり込むことなんか出来ません。いつの時代でも人は旨い一杯に群がるものです」

「もっと愛情をこめて仕込む努力をしてもらいたいですね。そこそこの完成度では駄目なんです」

こんなことが言えるのなら、営業に使えばいいのにと思うかもしれないが、それは無理だろう。仕事にはそのパワーを発揮する必要性を感じていないのだから。

逆に、管理職の立場から見れば、そんな社員は不要だと思うかもしれないが、こうしたはぐれ社員(?)が自分の幸せを追求した結果、会社に多大な恩恵をもたらすこともある。商品開発アドバイザーになったのは「偶然」と書いたが、辰ちゃんと知り合ったことが偶然であって、もし出会っていなかったとしても、「おおきた」の主人や教授、そこに通う人々など、ラーメン世界の人たちと繋がることで、いずれこうしたポジションにたどり着いたはずだと思う。無意識かつ純粋な行動が大きな必然を生むのは、ビジネスの世界でもよくあることだ。

とはいえ、もちろん新たな味の開発が簡単にできるわけではない。唐沢コーポレーションの規模と技術力をもってしても、理想の味にはなかなかたどり着けない。青木も理想と現実のギャップ、自分の力不足を実感したはずだ。実は、僕もかつてある商品の開発に少し関わったことがあり、その苦労を少しは理解している。ただ、同時に微妙な味わいをつくりだす技術の高さに驚いた。試食して「酸味が少し強いので、これが軽やかにすーっと消えるようにできないものか」などとイメージを伝えると、次の試食ではそれに近い感じになっていた。日本の食品加工技術は本当に凄い。

そして、ついに完成したラーメンは携わった人たちの思いと理想が集約したもの。

青木の労も報われた……。と思ったら、店側の人間だけで味をつくったことにしてほしい、と頼まれる。普通なら「ふざけるな!」と怒り出すところだが、「もちろんですとも。私は味見をしただけの脇役で、食べ手側の要望を伝えたにすぎません」とさらっと了承する。

ああ、そうでした。彼は何かを成し遂げることではなく、ラーメンに没頭することに幸せを感じ、それのみを追い求めているのでした。そしてまた、何事もなかったかのように、これからもラーメンを食べ回って幸せに浸るのであろう。

今の時代、こういうサラリーマンが実は一番強いのかもしれない。

（うえの・こうせい／編集者）

―――本書のプロフィール―――

本書は、第1回日本おいしい小説大賞の応募作品を加筆・修正したものです。

小学館文庫

ラーメン　らーめん　ラーメンだあ！

著者　一柳雅彦《いちやなぎまさひこ》

二〇二〇年九月十三日　　初版第一刷発行

発行人　飯田昌宏
発行所　株式会社　小学館
〒一〇一-八〇〇一
東京都千代田区一ツ橋二-三-一
電話　編集〇三-三二三〇-五九五九
　　　販売〇三-五二八一-三五五五
印刷所――――大日本印刷株式会社

この文庫の詳しい内容はインターネットで24時間ご覧になれます。
小学館公式ホームページ　https://www.shogakukan.co.jp

ISBN978-4-09-406813-9